中公文庫

まんぷく旅籠 朝日屋

あつあつ鴨南蛮そばと桜餅

高田在子

中央公論新社

目次

「まんぷく旅籠 朝日屋」地図

地図製作：(株)ウエイド

まんぷく旅籠 朝日屋

あつあつ鴨南蛮そばと桜餅

第一話　新旧

　ざぁざぁと降りしきる雨の音が、ちはるの耳の奥で重々しく響いている。

　火盗改同心《かとうあらためどうしん》の柿崎詩門《かきざきしもん》が負傷したと聞いて、居ても立ってもいられなくなった様子で怜治《れいじ》は出かけていった。今は朝日屋《あさひや》の主となった怜治だが、もとは詩門の同輩だったのだ。凶悪な罪人たちと対峙《たいじ》する火盗改の過酷さを身に染みて知っているのだから、心配するのも無理はない。

「今頃どうなっているのかしら……もうすぐ昼飯時だけど……」

　仲居のおふさの声が、ぽつんと朝日屋の一階に響いた。ちはるは顔を上げて、入れ込み座敷を見やる。調理場との間に置いてある仕切りは背が低いので、向こう側の様子がよくわかる。おふさは床を拭き清めていた手を止めて、開け放たれた戸口をぼんやりと見つめていた。

　垂れ下がっている曙《あけぼの》色の暖簾《のれん》が、みなを冷たい雨から守ってくれているようだ。

「どうもこうもねえ」

　板長《いたちょう》の慎介《しんすけ》が調理場から声を上げる。

「手を止めず、自分の仕事をまっとうするしかねえだろう。柿崎さまの容態は心配だが、おれたちに今できることは何もねえんだからよ」

おふさは大きくうなずいて、入れ込み座敷の掃除に戻る。

土間に突っ立って、おふさと同じように戸口を見つめていた下足番《げそく》の綾人《あやと》も、表情を引きしめてうなずいた。下足棚の掃除に抜かりがないか、隅々まで目を凝らし始める。

二階から下りてきた仲居頭のたまおが一同の顔を見回した。

「客室の支度は整いました。お泊まりのお客さまが、いつお見えになっても大丈夫です」

慎介が胸の前で拳《こぶし》を突き合わせ、気合いを入れるように「よし」と声を発した。

「ちはる、賄《まかない》の支度だ。野菜たっぷりの味噌《みそ》汁を作るぞ」

怜治さんが帰ってきたら、すぐに熱々の汁であったまってもらえるようにな──ちはるを見下ろす慎介の目は、そう語っているように見えた。

ちはるは腹に力を入れて「はい」と返事をする。

「うんと美味しい味噌汁を作りましょう。ご飯は、何か具を入れて握りますか」

「そうだな。今日は、手早くつまめる物がいいかもしれねえな」

いつ帰ってくるかわからない怜治さんが食べやすいように──。

互いに目を見て、うなずき合って、ちはると慎介は昼食の支度に取りかかった。

二枚に下ろした鯖《さば》に塩を振り、七輪でじっくり焼く。ぱちぱちと炭が小さく爆《は》ぜる音を聞きながら、七輪から立ち昇る高い熱が鯖の身に入っていくにおいを嗅ぎ取る。

まだ――まだだ――もう少しだけ、ほんのりと身が焦げるまで――。

勝手口の脇で雨を目前にしながら、ちはるは七輪の上の鯖に気を集めた。

漂ってくるにおいだけに頼らず、身の色などもよく見ながら、ここぞと思ったところで鯖を引っくり返す。

身から一滴、脂が落ちた。鯖を寄越せと言わんばかりに、網の下から一瞬ぼうっと炎が大きく伸びてくる。

ちはるは目を細めた。

鯖の身についた焼き色が美しい。こんがりと――けれど同時に、ふっくらとしたやわらかさを感じる色味だ。七輪の上であぶられた皮の茶色と、鯖の身の白っぽさが、いかにも美味そうである。

皮は、ぱりっと――焦がし過ぎぬように気をつけて、七輪から下ろした。

このまま皿に載せ、大根下ろしを添えて出してもよいところだが、今日は身をほぐして握り飯の具にする。白飯に、ほぐした鯖と炒《い》り胡麻《ごま》を混ぜ込んで握り、海苔《のり》を巻く。

鯖を載せた皿を手にして調理台の前に戻ると、竈《かまど》のほうから味噌の甘いにおいがぷぅんと漂ってきた。煮えた大根や牛蒡《ごぼう》など、根菜のにおいも染み出ている。

ちはるは思わず、ごくりと唾《つば》を飲んだ。

調理台の上に置いた鯖の塩焼きのにおいが前方からちはるの鼻に抱きつき、慎介の作る味噌汁の香りが後方からちはるの全身を包み込んでくる。

ちはるは丁寧に鯖の骨をはずして、握り飯を作った。

香ばしく焼いた鯖の握り飯と、野菜たっぷりの味噌汁は、きっと怜治に活力を与えるだろう。いつものように「お代わりはねえのか⁉」と、勢いよく食べてくれるのではないだろうか。

「怜治さん！」

綾人の声に、ちはるは顔を上げた。

「お帰りなさい――」

尻すぼみになっていく綾人の声を耳にしながら、ちはるは啞然《あぜん》と戸口を見つめた。

閉じた傘を手にして立っている怜治の表情が、ひどく強張《こわば》っている。

「怜さま、まさか柿崎さまは――」

たまおは途中で言葉を切って、口を手で覆った。怜治は首を横に振る。

「いや、命に別状はねえらしい」

ほうっと安堵《あんど》のため息が、各自の口から一斉に漏《も》れた。

慎介が調理台の前に出る。

「その『らしい』ってのは、いったいどういうことなんですか。柿崎さまには、お会いになれなかったんで？」

　怜治はうなずく。

「柿崎家の下男に聞いた話だ」

　怜治は戸口に傘を立てかけると、たまおが差し出した手拭いで着物の雨を払った。

「命に別状はねえといっても、詩門は床に入ったまま動けないでいるらしい」

　綾人が怜治の前に立つ。

「そんなにひどい怪我《けが》なんですか？　葺屋町《ふきやちょう》で、いったい何があったんですか」

　怜治は頭《かぶり》を振って、入れ込み座敷に上がった。

「けっきょく、詳しいことは何ひとつわからなかったんだ。どこにどんな傷を負ったのかも、教えてはもらえなかった。ただ『お医者さまが絶対に安静が必要だとおっしゃっています』とだけ言われてな」

　座り込んで肩を落とす怜治の姿を、一同は無言で見つめた。

　怜治のことだから、きっと粘っただろうに。それでも柿崎家の戸口から先へは入れてもらえなかったのか。もう町人だから、下男しか対応してくれなかったというのか。

「だけど、まあ——命あっての物種ですからね」

　慎介が明るい声を上げた。

「きっと、そのうちご回復なさって、また朝日屋にも顔を出してくださるでしょうよ」

怜治はのろのろと顔を上げて、慎介を見た。

「ああ……そうだな」

「昼飯にしましょう。熱い汁物を用意してあるんですよ」

怜治の顔に小さな笑みが浮かぶ。

「楽しみだな。外は寒かったからよ。あったけえ物が恋しくて、たまらねえぜ」

ちはるは味噌汁をよそった。大根、人参《にんじん》、牛蒡、里芋、小松菜《こまつな》をたっぷり汁椀の中に入れる。立ち昇る湯気が、ふわりと顔まで漂ってきた。ちはるは口角《こうかく》を上げて、汁椀を盆の上に載せる。これは絶対に、怜治の心身を温めるはずだ。

調理場へ入ってきたおふさに握り飯を載せた盆を託して、ちはるは人数分の味噌汁を運んだ。

入れ込み座敷で車座《くるまざ》になり、みなで食べる。

「おっ、うめえな」

と言いながら、味噌汁の具や握り飯を頬張る怜治だが、やはりいつもの勢いがない。賄と火鉢で温まったためか、帰ってきた直後よりは顔色もよくなっているが、その表情には明らかに力がなかった。

だが、それでも、怜治は口元に笑みを作り続けている。

ちはるの胸が痛んだ。

「いいか、お客の前で不安そうな顔をしちゃならねえぞ。人を心配するあまり、仕事がおろそかになるなんて、絶対に許されねえんだからな」

賄を食べ終えたあと、ちはるは調理場で慎介と向かい合った。

怜治は二階へ上がり、あとの者たちは入れ込み座敷でひと息ついている。

「おれたちは早急に、年末年始の菓子を考えなきゃならねえ」

「はい」

さつま芋を使った「小蜜芋《こみついも》」は大好評の菓子だったが、移り変わっていく季節に合わせて新しい物を考えねばならなかった。甘い物が大好きな天龍寺《てんりゅうじ》の住職、慈照《じしょう》の助言により、蜜柑《みかん》と餡《あん》を組み合わせた菓子を考えようとしていたのだが――。

「さて、どうするか」

慎介が調理台の上を見つめて唸《うな》った。

「慈照さまがやっている『蜜柑の餡握り』ってのは、粒餡だったよなあ。やっぱり見栄えを考えると……」

「色合いは、白餡のほうがいいですよね。口当たりや、食べやすい大きさも考えなくちゃいけないし」

慎介はうなずく。

「あまり時はかけられねえが、蜜柑を使うことと同時に、蜜柑にこだわらねえ案も、いろいろ考えてみろ。ひとつのことにこだわり過ぎると、頭が固くなって、いい考えが浮かばなくなるからな」

「はい」

では蜜柑にこだわらず、この時季ならではの菓子をもう一度考え直してみよう、とちはるは思った。

「今は冬だから——冬といえば、雪——霜柱——やっぱり『白』ですかねえ。形は、雪だるま、雪兎《うさぎ》——」

ちはるは宙を仰いだ。

「だけど、すぐに新春だから、雪じゃないほうがいいのかもしれませんねえ。春を告げる花といえば、梅ですけど——梅なら、白くてもいいか。紅梅と白梅を並べれば、おめでたい感じになりますよね。だけど紅白なら、雪の地面に見立てた真っ白い皿に、真っ赤な椿《つばき》の花の形なんかも——」

慎介が苦笑する。

「いろいろ考えてみろとは言ったがよ。うちは菓子屋じゃねえんだからな。できることと、できねえことがあるぞ」

確かに、椿の花の菓子などは、ちはるの手にあまる。どうやったら鮮やかな赤を出せるのかわからないし、肝心の料理がおろそかになってはいけない。

小蜜芋を考えた時だって、本物のさつま芋に似せて皮に色をつけてみようかという案もあったのだが、菓子に手をかけ過ぎれば、料理の質を落としかねないという話になり、形をさつま芋に似せるにとどめたのだ。

「……福籠屋《ふくろうや》の時は、どんなお菓子を食後に出していたんですか？」

ちはるの問いに、慎介は目を細めた。

「やっぱり菓子は菓子屋ってことでよ。すぐ近くの、本町《ほんちょう》二丁目にある菓子屋に注文していたんだ。あんなことがあって、つき合いはなくなっちまったがよ」

朝日屋の前身であり、慎介が営んでいた福籠屋という料理屋は、やくざ者たちにめちゃくちゃにされてしまった。慎介も利き腕に大怪我を負って、福籠屋を畳んだのだ。

「その菓子屋に、また頼むことは考えないんですか？　朝日屋も繁盛してきたから、今なら菓子を仕入れる余裕も出てきたんじゃないかと思うんですけど――」

慎介は首を横に振る。

「向こうも店を畳んじまったのさ。店主が年だったからな。それに、繁盛してきたといっても、まだまだ先はわからねえ。食後の菓子まで含めた膳を、おれたちで考えていこう」

「はい、わかりました」

「それじゃ、夕膳の仕込みに入るとするか」

ちはるが再び返事をしようとした時、土間のほうから「いらっしゃいませ」と声が上がった。

見ると、白髪交《しらが》じりの旅姿の男を綾人が出迎えている。

「しばらくの間、泊めてもらいたいのやけど、部屋は空いとりますか？」

「はい、空いておりますが――どのくらいの間ご滞在でしょうか」

「それが、決めておらんのですわ」

「……とおっしゃいますと……」

綾人が戸惑ったような声を上げた。

「ご事情を伺ってもよろしいですか？」

階段の脇に立っていたたまおが、おふさに目配せをした。おふさはうなずいて、すぐに二階へ上がっていく。きっと怜治を呼びにいったのだろう。

「たいした事情やあらへんけど、なんぼでも話しまっせ。宿代踏み倒したりはせえへんて、わかってもらわなあきまへんしなあ」

「いえ、そんな」

男は綾人に向かって豪快な笑い声を上げた。

「いや、大事なことですわ。信用いうんはお互いさまやさかい。なんや気になることがあったら遠慮のう聞いてもろてかまへんよ」

「それじゃ、さっそく聞かせてもらうぜ」

怜治が階段を下りてきた。後ろには、おふさが続いている。

「見たところ、大坂から来た商人《あきんど》のようだが、長逗留《ながとうりゅう》の理由は何だい」

男は目前に来た怜治をまじまじと見つめた。

「わてが大坂からきた商人やって、なんでわからはったんですか」

怜治は、にやりと口角を上げる。

「まず、そのしゃべり方で上方からおいでなすったとわかる。あんたの口調だと、京の都というよりは大坂だろう。『信用いうんはお互いさまやさかい』なんて台詞《せりふ》は、いかにも商売人じゃねえか」

いったん二階へ上がり、自室で気持ちを切り替えたのか、怜治の様子はいつも客前に出ている時と同じに見える。

「いや、これはまいりましたなあ」

まったくまいっていない表情で、大坂商人は背筋を伸ばした。

「大坂は高麗橋《こうらいばし》の近くにある、筒美屋《つつみや》いう呉服屋で番頭を務めております、孫兵衛《まごべえ》申します。このたびは江戸店《だな》の若旦《わかだん》さんに呼ばれて、東海道を下ってまいりました」

怜治はわずかに首をかしげる。

「筒美屋の江戸店といえば、本町一丁目か」

孫兵衛が嬉しそうに目を細める。

「おや、ご存じで」

「すぐそこだからな」

孫兵衛は大きくうなずく。

「行き来するのが楽でええですわ」

「こんなに近い場所に、何でわざわざ泊まるんだ？　筒美屋であれば、寝る部屋がないというわけじゃないだろう」

怜治は話しながら、綾人に向かって顎をしゃくった。綾人はうなずいて、すぐに盥《たらい》と手拭いを運んでくる。

「どうぞ、こちらで足をおすすぎください」

「おおきに」

孫兵衛は草履《ぞうり》を脱いで、盥の中に足を入れると、ほうっと息をついた。

「お湯が温《ぬく》うて、気持ちええなあ」

「そりゃ、よかった」と怜治が応じる。

「長逗留になるってんなら、客室へ案内する前に、入れ込み座敷で話を聞いてもいいかい。うちの者みんなで、あんたの事情を知っておきたい」

「かめへん、かめへん」

足をすすぎ終えると、孫兵衛は手拭いを綾人に返して入れ込み座敷へ上がった。

たまおが茶を運んでいく。

「おおきに」

入れ込み座敷の真ん中にどっかり腰を下ろして茶をすすると、孫兵衛は大きく息をついて両肩の力を抜いた。

「小田原《おだわら》宿の近くの茶屋で、茶々丸《ちゃちゃまる》はんと、えらい可愛《かい》らしおかげ犬の獅子丸《ししまる》はんに会いましてな」

ちはるは目を見開いた。

獅子丸は、おかげ犬である。飼い主の平癒《へいゆ》祈願のため、伊勢《いせ》を目指して草加《そうか》から出てきた。風来坊《ふうらいぼう》茶々丸は江戸に住む戯作者《げさくしゃ》で、書けない苦しみから脱するため、獅子丸とともに伊勢へ旅立っていった。

「あいつら、とどこおりなく旅を続けているのか」

孫兵衛は大きくうなずいて、向かいに座った怜治を見た。

「獅子丸はんは大もてですわ。可愛らし茶屋娘に撫《な》でられて、しっぽをぶんぶん振ってなあ。そしたら、お客さんもみぃんな、自分が獅子丸におごるぅ言い張って、えらい賑《にぎ》やかなもんでしたわ」

ちはるのまぶたの裏に、獅子丸の可愛らしい姿が浮かんだ。

床几《しょうぎ》に腰を下ろした茶々丸の足元に行儀《ぎょうぎ》よく座り、茶屋娘に水や餌をもらって愛想よく「くぅん」と鳴いて――。

入れ込み座敷の前に立ち並んだ一同の顔がほころんだ。

「茶々丸はんに、ここの話を聞いたんですわ。おかげ犬もくつろいだ、料理がえらい美味《うも》うて居心地のええ宿やって」

孫兵衛は微笑《ほほえ》みながら一同の顔を見回した。しっかりと順に目を合わせていく。

「元火盗改の怜治さんがいてはるさかい、朝日屋はんは火ぃの用心もばっちりやし、盗人《ぬすっと》も近寄らへん」

怜治が鷹揚《おうよう》にうなずく。

「慎介はんとちはるさんの料理も、絶対味わうべきやぁ言うたはったなあ」

ちはるの頬に熱が集まった。慎介を見ると、やはり照れくさそうな表情をしている。

「たまおはんは、器量よしで優しゅうて、そんで茶汲み女やったよって、お茶を淹《い》れるんが誰よりも上手や――」

孫兵衛は手にしていた湯呑茶碗を撫でさすると、丁寧に茶托《ちゃたく》の上に置いた。

「確かに、このお茶はほんまに美味しゅうおました。身ぃも心もゆるんで、旅の疲れがすぅーて癒えてまいましたわ」

たまおは嬉しそうに目を輝かせて一礼した。

「おふさはんも、ええとこのこいさんいうだけあって、なかなか気ぃ利くそうやないですか」

おふさは珍しく、はにかんだ笑みを浮かべる。

「元女形《おやま》の綾人さんもえらい器量がええけど、びっくりするんは、その記憶力やて聞きましたで。台詞覚える要領で、江戸の町並みなんかもようけ頭に入っとるそうやねえ」

綾人は艶《あで》やかな笑みを浮かべて小さく頭を振った。

「たいしたことではございませんが、お役に立ちますことがあれば、何なりとお申しつけください」

孫兵衛は大きくうなずく。

「あとで江戸の名所を教えてもらわれへんやろか。今回、江戸店の若旦さんに呼ばれたんは、わてが引退する言うたからなんやけどな。『引退する前に、一度わたしの働きぶりを見にこい』て文に書いて寄越さはったその言葉の裏には、なんやわての長年の労をねぎろうたろ、江戸見物でもさせたろいう心積もりがあるようなんですわ」

その証拠に、大坂の主からも、たんまりと小遣《こづか》いを持たされたという。

「せやから、ここに来る前に江戸店で『朝日屋に泊まりたい』言うたら、若旦さんも『おかげ犬が泊まった宿やな』と納得顔で快う許してくれはったんや」

怜治が「へえ」と声を上げる。

「ずいぶんいい待遇じゃねえか。筒美屋がよほどの好人物なのか、それとも孫兵衛さんの人徳なのか」

孫兵衛は「はっはっは」と声を上げて笑った。

「そんなん両方に決まっとるやないですか。旦さんのおかげで、わてはこれまでやってこられたんやし、わてら奉公人のおかげで、筒美屋は繁盛し続けてこられたんやから。世の中の『おかげ』は、巡り巡るもんなんでっせ」

孫兵衛は笑みを深める。

「せやさかい『最後の江戸は、おかげ犬が泊まった宿で過ごしたい』っちゅう願いも許されてん」

ちはるの頭に、旅立っていった獅子丸の後ろ姿が浮かぶ。獅子丸の行く先々で、人々の笑顔の輪が広がっている気がした。

孫兵衛が綾人に向き直る。

「明日からさっそく江戸見物を始めよ思いまっさかい、まずはどこ行ったらええか、相談に乗ってもらえへんやろか」

綾人は微笑みながら一礼する。

「では簡単な絵図を描いてお持ちいたします」

「絵図――？」

「江戸の名所を描き入れた簡単な絵図でございます。ここへ行ってみたいという場所を教えていただけましたら、朝日屋からの詳しい道順などを、さらに詳しい絵図にいたしますが――」

孫兵衛は、ぽかんと惚《ほう》けた顔になった。

「絵図――道順の絵図――」

呟《つぶや》いて、両手で自分の両頬をもみくちゃにする。

「ああ、何で、それに気づけへんかったんやろ……絵図……絵図かぁ……」

くわっと目を見開いたり、ぎゅっと閉じたり、まるで顔芸のように孫兵衛は表情を変えた。

「おいおい、どうしたってんだよ」

怜治に顔を覗《のぞ》き込まれて、孫兵衛は居住まいを正した。

「いや、それが、やってもうた――いうか、やらんかったことを思い出したんですわ」

孫兵衛は気まずそうな顔で後ろ頭をかく。

「実は、わてが引退を決めたきっかけの出来事なんやけども――聞いてくれますやろか。旅の恥はかき捨ていうけど、思い出したら、また胸がもやもやしてきましたわ」

一同はそろってうなずく。孫兵衛は「おおきに」と苦笑した。

「大坂の店でな、相手しとるお客さんが『このあと友人の家に行くんやけど、手土産の菓子を買《こ》うてきたいんや』と言いはって、近くの評判のええ菓子屋までの道順を教えてくれと頼まれたんです」

孫兵衛は丁寧に説明したつもりだという。

「念押しで二度、三度と道順をくり返しましてん。お客さんも『ようわかった。これで大丈夫や。おおきに』と言いはって、うちの店を出ていかはったんや。せやのに――」

孫兵衛は、はあっと大きなため息をついた。

「あくる日、怖い顔してまた来られたんですわ。わての言うた通り行ったら全然違う場所へ出てしもうたで言うてな」

怜治が首をかしげる。

「入り組んだ道だったのか？」

孫兵衛は首を横に振った。

「筒美屋の前をまっすぐ進んで、右、左、右――そんな程度ですわ」

怜治は顎に手を当て、孫兵衛を見やる。

「商売敵の嫌がらせだったとか？」

「そんなんやあらしまへん」

孫兵衛は即座に否定した。

「れっきとした、お得意さまですわ。そないなことするお人やあらへん。いつも穏やかな方で、こちらの話もよう聞いてくださるんですわ。あの日やって――」

孫兵衛は唇をゆがめた。

「あんじょう道案内できた思うたんですけどねえ」

澄み渡る青空の下、意気揚々と歩いていく客の後ろ姿を見送りながら、孫兵衛は満足感に浸っていたのだという。

「それが、次の日になって、あんな……」

客は店開けと同時に文句を言いにやってきたというのだから、よほど腹に据えかねていたのだろう。

「道を間違えたのは、わてのせいやと言いはるんです。なかなか辿《たど》り着かれへんかったことをご友人に言うたら、『耄碌《もうろく》したなあ』とからかわれはったそうで」

「相手も年寄りだったのか」

怜治の問いに、孫兵衛はうなずいた。

「せやけど、耄碌したんはわてのほうかもしれまへん。道案内やのうても、同じようなことが何度か続いとったんですわ。どこに何置いたかわからんようなったり、誰に何の用事を言いつけたのか勘違いしとったり――」

孫兵衛はうなだれた。

「せやさかい、お客さんがわての説明を勘違いしはったんか、わてが道案内を間違えとったんか、わからんようなってしもうたんですわ」

ひどく思い詰めたような孫兵衛の表情に、ちはるの胸が痛くなった。

ひとつひとつは小さな出来事だったのかもしれないが、それらが積もり積もった時、孫兵衛の築き上げてきた自信が雪崩《なだれ》のように崩れ落ちてしまったのだろう。

「年には勝てまへんわ」

孫兵衛は目を細めて綾人を見つめた。

「わても絵図描いて、お客さんに渡しといたらよかったんや。言葉で説明することしか思いつかへんくらい頭が固くなってしもうてん」

孫兵衛は気を取り直したように、ぽんと腿《もも》を打った。

「あとで部屋まで絵図を持ってきてくれへんかな。明日からあっちゃこっちゃ見て回って、思いっきり楽しみますわ」

綾人、たまお、おふさの三人が、そろって頭を下げる。

「夕食も楽しみにしとりますさかい」

ちはるは慎介とともに一礼した。

孫兵衛が立ち上がる。

「ああ、せや――江戸の名所を描き入れた絵図は、前もって何枚か用意しといたらええんやおまへんか」

孫兵衛は綾人を見て、にっこり笑った。

「欲しがるお客さんは他にもおりますやろ。常に手元に置いといたら、きっと便利ですわ。朝日屋の立派なもてなしのひとつになる思いまっせ」

怜治が「なるほどなあ」と声を上げる。孫兵衛はおどけたような表情で、怜治を軽く睨《にら》んだ。

「上に立つもんは、奉公人の得手をしっかり活かさなあきまへんで」

怜治は居住まいを正して低頭した。

「肝に銘じます」

孫兵衛はうなずいて、階段へ向かった。

「ほな部屋に案内頼みます」

たまおが素早く孫兵衛の前に回り込んだ。

「こちらでございます。足元にお気をつけくださいませ」

「おおきに」

孫兵衛の姿が二階へ消えていく。ちはるたちも自分の持ち場へ戻った。

ちはるは井戸端へ行くと、丁寧に、ちしゃの葉を洗った。冷たい水に触れた指先がじんじんと痺れ、体の芯まで凍っていきそうだ。

ちはるは、はあっと大きく息を吐いた。目の前に、もくもくと小さな雲のような白い息が上がる。

もう年末だから、寒いのは当たり前だ。両親が営んでいた料理屋でも、ちはるは台所の手伝いをしていたので、水仕事には慣れている。洗い物で手が荒れても、泣き言など出ない。

しかし、今年がもうすぐ終わると思えば、目に涙がにじんできそうだ。

本当に、いろいろあった――。

昨年現れた久馬《きゅうま》という男に、両親が始めた店を乗っ取られ、追い出され――父の知人の伝手《つて》で何とか貧乏長屋に落ち着いたものの、失意の底で母が死に、そのあとを追うように父が死に――騙《だま》されて膨れ上がった借金だけが、ちはるのもとに残った。

一人ではどうにもできず、借金取りたちに身売りを迫られていたところへ、怜治が現れて、朝日屋へ連れてきてくれたのだ。

憎き久馬の仕業で、両親の夕凪亭《ゆうなぎてい》はあこぎな商売をしているという噂《うわさ》を流され、闇商人からご禁制である異国の食材を仕入れているという話まででっち上げられた折に、火盗改同心たちの調べが入った。

火付盗賊改《ひつけとうぞくあらため》――略して火盗改は、凶悪な罪人たちと対峙した際に、抵抗した者を斬り捨てることも許されており、苛烈な拷問《ごうもん》で無実の者からも自白を引き出してしまうという。だから火盗改同心たちに夕凪亭をめちゃくちゃにされても、両親を拷問にかけられなかっただけましだったのかもしれない。当時まだ火盗改同心だった怜治が手を回しくれたおかげで、両親は縄をかけられなかったのだろうと、今ならわかる。

けれど怜治と出会った時のちはるは、怜治を逆恨みしていた。「何かあったら工藤《くどう》さまを頼る」と言っていた父の思いが、踏みにじられたと思っていたのだ。なぜ、仲間である火盗改同心たちの暴挙を止めてくれなかったのか、と怒りを感じていた。

しかし先日、朝日屋に現れた火盗改同心の秋津《あきつ》の話から、どうやら夕凪亭に騒動が起こっていた同じ時期に、怜治の身にも大変な事態が起こっていたらしいと、ちはるは知った。

怜治の同輩が死んだというのだ。しかも、怜治のせいで――。

仔細はわからないが、怜治が武士の身分を捨てた経緯《いきさつ》も、きっとそこにあるに違いない。

「ちはる、まだ洗い終わってないの？」

後ろから声をかけられ、振り向けば、おふさが戸口に立っていた。

「慎介さんが呼んでいるわよ」

「わかった。すぐに行くわ」

ちしゃを笊《ざる》に上げると、ちはるは調理場へ向かった。

調理場では、たまおも待っていた。

「今、孫兵衛さんのお部屋に新しいお茶をお持ちして、言われたんだけど――」

たまおは表口へ顔を向けた。

「うちの暖簾を見た時に、旅の途中で見た日の出を思い出したそうよ。だから『朝日屋はんの暖簾は、まさに朝日の色やね』って」

ちはるも表口を見つめる。戸口にかかっている曙色の暖簾は、まるで雲の切れ間から降り注ぐ朝の光のように思えた。

「それからね、日の出は蜜柑の色にも似ているとおっしゃって、大坂の天満《てんま》というところにある、やっちゃ場（青物市場）の話もしてくださったの。川沿いにある、大きなやっちゃ場だそうよ」

ちはるは首をかしげて慎介を見上げた。

「江戸で一番大きい、神田《かんだ》のやっちゃ場みたいな感じでしょうか」

神田には、多町《たちょう》、連雀町《れんじゃくちょう》、須田町《すだちょう》、佐柄木町《さえきちょう》、雉町《きじちょう》にまたがる青物五ヶ町から成り立っている市場がある。

「天満のやっちゃ場も、大変な賑わいらしいぜ。孫兵衛さんが大坂を発《た》つ前に棒手振《ぼてふり》から買った蜜柑も、そこで仕入れられたって話だ」

見知らぬ土地の、見知らぬ市場に、ちはるは思いを馳《は》せた。

「上方には、珍しい青物がたくさんあるんでしょうか」

慎介がうなずいた。

「大坂は『天下の台所』と言われているくらいだからな。諸国の名産品が集まっていることだろうよ。江戸のほうまで回ってこない、南方の物なんかもあるんじゃねえのか。獲れる魚だって、こっちとは違うだろうしよ」

食事処の客を迎えるため、入れ込み座敷のほうに不備がないかどうか確かめにいっていたおふさが、仕切りの前に来た。

「以前うちのおとっつぁんが大坂へ行った時、堺《さかい》という町の港で、活きのいい魚をたくさん見たと言っていましたよ。江戸の海にはいない、鱧《はも》という魚が特に美味しかったそうです。お土産に、たくさん昆布を買ってきて――」

おふさは、くすりと笑みを漏らした。

「江戸でも昆布は買えるのに、大坂で食べたうどんの出汁《だし》がとても美味しかったからって、その店で使っているのと同じ物をわざわざ手配したんですって」

慎介が感心したように「へえ」と声を上げる。

「橘屋《たちばなや》さんは、食に対するこだわりが強《つえ》えんだなぁ」

おふさは笑う。

「一時は昆布に夢中になって、江戸ではどの店の昆布が一番いいかと、行きつけの店の料理人に尋《たず》ねていたほどですよ」

ちはるはまじまじと、おふさを見た。

「何よ。わたしの顔に何かついてる？」

ちはるは首を横に振った。

「あんたって、やっぱり育ちがよかったんだなぁと思って、つくづく感心してるのよ」

おふさは顔をしかめた。

「嫌味にしか聞こえないんだけど」

「だって本当のことでしょう。ちゃんといい物を食べて育ったのよねえ」

「それは——まあ——」

おふさは複雑そうな表情で唇を引き結ぶ。自分が恵まれた身の上であることは重々承知しているようだ。

大伝馬町《おおでんまちょう》二丁目にある唐物屋《からものや》の娘おふさが朝日屋で奉公を始めたのは、今月の初めである。女だてらに夜も遊び歩いていたところを、朝日屋で働けば改心するのではないかと見込んだ祖父の彦兵衛《ひこべえ》が話をまとめたのだ。

「朝日屋で働かないのなら、尼寺《あまでら》へぶち込む」と親に言われて渋々やってきたおふさだったが、掃除や接客は生家でしっかり仕込まれていたようで、すぐに朝日屋の仲居として役立った。

たまおたち目上の者に対する態度からしても、おかげ犬の獅子丸を可愛がっていた姿からしても、根っからの性悪《しょうわる》ではないとわかるが――ちはるに対してだけ、きつい物言いをしてくるのは困りものである。

ちはるも素直に優しくできないし、また、怜治に対して生意気な態度を取り続けているので、あまりおふさのことばかり責められないのだが――。

「鱧ってお魚、わたしも食べてみたいわぁ」

たまおが慎介を見上げた。

「どんなお味なんでしょう」

慎介は小首をかしげる。

「昔、大坂の料理人が作った鱧しんじょを食べたことがあったが、繊細で優しい味だったなぁ。淡白でありながら、しっかりとした旨《うま》みがあってよ」

ちはるはたまおと顔を見合わせた。

「食べてみたいですねえ」

「ええ、本当に」

慎介が調理台を指差した。

「鱧料理を思い描くのもいいが、うちで今日使うのは鱈《たら》だからな」

調理台の上には、水に浸けておいた干鱈《ひだら》が載っている。

干鱈とは、乾物の鱈である。鱈は主に北の海で獲れる魚で、松前《まつまえ》や越後で盛んに作られている干鱈が江戸へも運ばれている。

おかげ犬の獅子丸が朝日屋に泊まった時は、たまたま常陸《ひたち》の沖で獲れた鱈が生のまま魚《うお》河岸《がし》に入っていたので餌に出してやることができたが、江戸で鱈といえば通常は、この干鱈か、壺抜きという技法で内臓を取り出し塩漬けにした新鱈《しんだら》である。

「今日は、この鱈を使って、乾呉魚飯《ひだらめし》を作る」

水で戻した干鱈を焼き、ほぐした物を混ぜ込んだ飯である。薄めの出汁をかけ、錦糸卵と刻んだ三つ葉を載せる。

おふさが目を細めて干鱈を見た。

「夜の賄にも出るんですよね。楽しみだわぁ」

うっとりした声を上げると、おふさは一転して、ぎりりと挑むような目をちはるに向けてきた。

「あんたがご飯を炊くんでしょう？　江戸で一番の乾呉魚飯を作るんだってくらいの意気込みで、しっかり美味しく作りなさいよね」

ちはるは眉根を寄せて、おふさを睨み返す。

「あんたに言われなくても、しっかり気合いを入れて作るわよ。もちろん、あんたに食べさせる賄のためじゃなく、お客さまのためにね」

おふさは、ふんと鼻を鳴らす。

「お客さまのためなんて、そんなの当たり前だわ」

ちはるとおふさの間に割り込むように、たまおがずいっと前へ出た。

「今日の夕膳は、乾呉魚飯の他に――烏賊《いか》の刺身、小松菜と蛸《たこ》のにんにく炒め、揚げ出し豆腐のちしゃ餡かけ、小鯛《こだい》の煮つけ、野菜をたっぷり入れた味噌汁でよろしかったですね？」

慎介がうなずく。

「乾呉魚飯に出汁をかけるから、汁物はどうしたもんかとも思ったがよ。今日は寒いから、具だくさんの味噌汁もつけて、お客さんたちに体の芯からあったまってもらえばいいと思ってな。孫兵衛さんも、長逗留の間はずっと江戸流の味つけでいいってことだったな」

たまおが「はい」と答える。

「郷に入っては郷に従えということで、江戸にいる間は江戸の味をお楽しみになるそうです。食後のお菓子の小蜜芋も、楽しんでいただけるといいですね」

「おう」

慎介は、ちはるに向き直った。

「それでな、さっき轤に話がそれちまったがよ。新しい食後の菓子は、蜜柑を入れた大福がいいんじゃねえかと思ったんだ」

ちはるは、はっと曙色の暖簾に目を向けた。

「孫兵衛さんがおっしゃっていたという、日の出ですか」

「おう」

慎介は、にやりと口角を上げる。

「うちは朝日屋だからな。日の出が蜜柑の色に似ていると言われちゃ、やっぱり年末年始の菓子に蜜柑を使わねえわけにはいかねえだろう。丸のまんま入れた蜜柑ごと、大福を真ん中で切って出したらいいんじゃねえのか」

ちはるは頭の中で、大福餅をぱっくりと真っ二つに割ってみた。

中から出てきたのは、黒い小豆《あずき》餡ではなく、鮮やかな朝日を思わせる蜜柑――。

ちはるの頭の中は、美しく切られた蜜柑の大福でいっぱいになった。

「胸が膨らむ朝日――元旦には、初日の出に見立てられますし――『日の出大福』として出すのはどうでしょう」

たまおが胸の前で両手を合わせた。

「いいわねえ、それ」

おふさも感心したような顔で、ちはるを見つめる。

「大福は、大きな福と書くし、来年への明るい見通しを祈るってことで年末の夕膳から出すのは、お客さまにも喜ばれると思うわ」

慎介が満足そうな顔で三人の顔を見回した。

「よし。『朝日屋の日の出大福』で、決まりだな」

「はい！」

ちはる、おふさ、たまおの声が、ぴたりと重なり合った。


調理場に、にんにくや醬油《しょうゆ》の香ばしいにおいが漂っている。

表戸の向こうで「早く食いてえ」という声が上がった。

綾人が戸を引き開けたとたん、食事処が開くのを待っていた客たちの歓声が聞こえてきた。戸口に目を向けると、曙色の暖簾が風でひるがえっており、綾人が灯した掛行燈《かけあんどん》の明りが見えた。食事処を開ける合図だ。

ちはるは気持ちを引きしめて、膳の上に器を並べていく。

美しく輝く白い烏賊の刺身を載せた皿に、茶色い汁などが落ちていないか。小松菜と蛸のにんにく炒めは、彩りよく盛られているか——手早く仕事を進めながらも、一膳ずつしっかりと確かめていく。

ふと気配を感じて顔を上げると、膳を取りにきたおふさの厳しい眼差《まなざ》しが膳の上を這《は》い回っていた。

「ちゃんと綺麗《きれい》に作りなさいよ」

「わかってる」

ちはるの視線とおふさの視線がまっすぐにぶつかり合った。

そこへ、たまおが入ってくる。

「孫兵衛さんのお夕食を取りにきました」

たまおは膳をひとつ両手でしっかと持ち上げた。

「では、お運びいたします」

「お願いします」

調理場から出ていくたまおの後ろ姿を眺めていたら、階段の前に立つ孫兵衛の姿がちはるの目に入った。夕食が待ちきれず、催促するために部屋から出てきたのかと思ったが、どうやら違うようだ。食事処に入ってきた客たちの様子をじっと見つめている。

「ありゃ商売人の目だな」

調理台の前で慎介が目を細めた。

「客の身なりや、酒の注文具合なんかを確かめているんだろう」

改めて孫兵衛を見ると、非常に鋭い目で入れ込み座敷を見回していた。

商売人の目——。

ちはるの背筋が、ぞくりと震えた。

調理場の仕事も厳しい目で見られているのだろうか。

もちろん、誰に対してだって手抜きなどするつもりはないから、いつどこの誰に見られても困らない。そのために、調理場の仕切りも低くしてあるのだ。

しかし、大坂商人としての孫兵衛の眼差しにじっと見すえられたら――と思うと、なぜか平静さを欠いてしまう気がした。

ちはるの心の内を見透かしたように慎介が笑う。

「おれたちは、いつも通りだ」

「はい」

前にも同じことを言われたと思いながら、ちはるは大きくうなずいた。

いつも通り――。

当たり前のことだと思っていても、それは案外難しい。

翌日の早朝、ちはるは慎介と魚河岸へ行った。

日本橋川北岸《にほんばしがわ》にある魚河岸は、朝日屋の目と鼻の先――ほんの五町（約五五〇メートル）ほどの場所にある。

魚を仕入れにきた者たちで溢《あふ》れ返っている通りを、ちはると慎介はまっすぐに進んだ。

向こう鉢巻きをしめた尻切れ半纏《ばんてん》の男たちは棒手振で、着流しの男たちは料理人だろう。

魚のにおいとともに、むわっとする男くささが、ちはるの鼻先にまとわりついた。

「おらおら、さっさと茶屋札を出しやがれ」

「そっちの魚じゃねえよ。その隣にあるのを寄越せって言ってんだろうが、馬鹿野郎《ばか》」

男たちの荒っぽいやり取りが響き渡る中を、ちはるは毅然《きぜん》と顔を上げて進んでいく。すんと鼻を鳴らして大きく息を吸い込めば、冬の冷たい風に乗って漂う活きのいい魚の澄んだにおいが、ちはるの体内に入ってくる。

目当ての店の前に立つと、魚を載せている板舟《いたぶね》の前にいた仲買人の鉄太《てった》がにやりと笑った。

「おう、ちはる。今日は何が欲しいんだ」

「何がありますか?」

「何でもあるに決まってんだろう――と言いたいところだが、かれいはどうだ」

鉄太は顎をしゃくって、板舟の上の魚を指し示した。

「ちょいと小せえのばかりそろっちまったもんで、なかなか買い手がつかなくてよ」

確かに小さいかれいが何匹も並んでいた。ちはるは板舟の前にしゃがみ込む。

「だけど皮が艶々していて美味しそうですよ。小さいながらに、身の厚みもあります」

鉄太はうなずいて、かれいの体を引っくり返した。白い腹の色が美しい。鉄太は尾の辺りを指差した。

「ここが黄色みがかってるだろう。活きが悪りぃ《わ》やつは、この黄色がぼやけてくるんだ」

ちはるは指差されたところを凝視《ぎょうし》した。確かに、くっきりとした黄色になっている部分がある。

慎介も腰をかがめて、かれいをじっと見た。

「しかし煮つけにするには小せえよなぁ」

鉄太は悔しそうに口元をゆがめる。

「さっきから、かれいは煮つけにしてえという客ばかりさ」

慎介が唸り声を上げた。

「揚げれば、骨まであますところなく食えるか……」

「それで頼むぜ。安くしとくからよ」

鉄太が後ろ頭をかいた。

「何とか売りさばいてくれと、仕入れ先から頼まれちまったんだ」

慎介は微笑んだ。

「じゃあ全部うちがもらっていくよ」

「助かるぜ」

鉄太は向こう鉢巻きをしめ直した。

「正月には、でっけえ鯛でも売らせてもらうからよ」

「そりゃあ、めでたい」

慎介の洒落《しゃれ》に、鉄太は「がはは」と笑い声を上げた。

「しかし、時が経《た》つのは早《はえ》えよなぁ。朝日屋の泊まり客たちは、そろそろ国元へ旅立つのかい？　年越しは、たいてい、みんな自分の家だろう」

「そうだな。長逗留のお方が一人いらっしゃるくらいだ」

鉄太が表情を引きしめて、背筋を伸ばす。

「今年は、いい年だった。慎介さんと、またこうして話せるようになってよ」

慎介も背筋を伸ばして鉄太に向かい合う。

「これからも、いい魚を売ってくれ」

鉄太は大きくうなずいた。

「朝日屋の客たちが――いや、江戸のすべての者たちが『美味い』と驚くような、とびきりの魚を日本橋に集めるぜ」

慎介は嬉しそうに口元をゆるめた。

「おれも、みんなが驚くほど美味い料理を、まだまだ作り続けなきゃならねえな」

「おうよ」

鉄太はちはるに向かって顎をしゃくった。

「こいつも一人前に仕込まなきゃならねえしな。年越しの客がいるんじゃ、正月の節《せち》料理もしっかり作らなきゃならねえんだろう？」

慎介はうなずく。

「お客さまは、奉公先の江戸店のほうへ顔を出す日もあるだろうけどよ。やっぱりうちで召し上がることも多いだろうから、三が日の間は、しっかり正月らしい料理を出さなきゃならねえな」

ちはるは首をかしげた。

「だけど、正月らしい料理っていうと、重詰めの節料理を食べ続けるのがお決まりじゃありませんか？　そもそも三が日の間くらいは竈神さまにお休みしていただくってことで作る物ですし。あたしの実家の夕凪亭も、大晦日から正月二日までは休んでいましたけど――」

元日に掃き掃除をすると、正月に家に迎える年神まで掃き出すことになってしまうので、元日には掃除をしてはいけないという俗信もある。

上役への挨拶回りで忙しい武家と違って、町人たちは節料理をつまみながら、のんびり正月を過ごすことが多いのである。

「本来は『お正月さま』と呼ばれる年神さまをお迎えして、お供えした料理のお下がりをいただくってえのが、正月に食べる物だったたって話だがな。そもそも『おせち』といやぁ、正月だけの食べ物じゃねえんだ」

おせちとは、正月や五節句などの節日《せちにち》に神に供える「御節供《おせちく》」の略なのである。

うよ」

「まあ、福籠屋でも、大晦日と元日は店を閉めて、奉公人みんなで『おせち食べるぞ』なんてやっていたけど、店に入ったばかりの小僧なんかは最初よくわかっていなかっただろうよ」

鉄太が「ふぅん」と声を上げた。

「しかし元日にも客がいるとなると、休むわけにはいかねえから、旅籠《はたご》は大変だよなぁ。竈を使わねえってわけにもいかねえしよ。一日で千両が動く魚河岸だって、元日くらいは休んでるぜ」

魚河岸の初売りは、正月二日である。

慎介は苦笑した。

「まあ、それぞれの商売の事情ってもんがあるからな。長逗留のお客さんには、節料理にお決まりの、数の子、黒豆、叩《たた》き牛蒡なんかを見栄えよく器に盛って、南天の葉でも添えてお出しすることにするよ。それと、汁物くらいお作りしてな」

鉄太は板舟の上を眺めて目を細めた。

「鯛の尾頭つきや、蒲鉾《かまぼこ》なんかも使って欲しいぜ」

蒲鉾は白身魚のすり身で作られる。江戸では鮫《さめ》が多く使われているが、鯛や鱸《すずき》などでも作られており、日本橋の魚河岸の中にある蒲鉾屋では祝い膳用の蒲鉾も売られていた。

ちはるは慎介を見上げる。

「蒲鉾といえば、やっぱり伝蔵《でんぞう》さんを思い出してしまいますねえ」

「おう、そうだな」

伝蔵は、小田原に住む蒲鉾職人である。朝日屋の初めての泊まり客で、つい先日は弟子とともに作った蒲鉾を送ってくれた。

「小田原の蒲鉾職人といやぁ――」

鉄太が北を指差した。

「すぐそこの安針町《あんじんちょう》にも、小田原の蒲鉾屋で修業してたっていう若《わけ》えやつがいるぜ」

ちはるは慎介と顔を見合わせた。

「まさか伝蔵さんの知り合いじゃ――」

慎介はすぐに頭を振る。

「いや、まさか。そこまで世間は狭くあるめえ」

「そうですよねえ」

と言いながら、ちはるは安針町の方角をじっと見つめた。慎介も、同じ方角へ向かって首を伸ばしている。

「福籠屋の時につき合いのあった蒲鉾屋も、店主が年で店を畳んじまったし――せっかくだから行ってみるか」

慎介を見ると、目尻を下げて微笑んでいた。

「腕のいい職人がいる店なら、これから朝日屋で使う蒲鉾はそこに頼んでもいい。若えやつなら、この先も長いつき合いができるだろう」
おれが引退したあとも な——慎介の目がそう言っている気がして、ちはるの胸はきゅっと痛んだ。

「かれいは、あとでうちの若えやつに朝日屋まで運ばせるぜ」という鉄太の言葉に甘えて、ちはると慎介はまっすぐ安針町へ向かった。

日本橋の魚河岸の一部である安針町には魚問屋が数多く軒を連ねているが、鳥問屋も多い。食用にするため絞められた鴨《かも》や、鶉《うずら》、雀などが鳥屋の店先にずらりと並んでいる。

「こんなにたくさんの鳥を見るのは、ここくらいのものですかねえ」

前を行く慎介が、ちらりと振り返った。

「安針町の掃き溜めっていう言葉があるくらいだからな」

雑踏の中をかき分けるように進んでいく慎介のあとを、ちはるは急ぎ足で追った。あちこちの鳥屋に目を向けているうちに、慎介との間が少し空いてしまった。しっかりとあとをついていかねば。

「安針町の掃き溜めって、跳ね者のことですよね？」

跳ね者は、跳ねっ返りとも言う。軽はずみな者や、おっちょこちょいを指す言葉である。

鳥問屋が多い安針町の掃き溜めには鳥の羽が多いので、鳥の「羽」を跳ね者の「跳ね」にかけて、「安針町の掃き溜め」と言われているのだ。

「安針町にいるから跳ね者ってわけじゃないでしょうけど、どんな人なんですかねえ」

「もうすぐわかるぜ」

鉄太に教えられた店へ行くと、軒下で大きな鮫を下ろしていた男が顔を上げる。

「注文なら、あっちに回ってくんな」

男が顎をしゃくったほうには、台の上にでき上がった蒲鉾が並べられていた。

慎介が一歩前に出る。

「小田原から来た若え職人がいると、仲買人の鉄太さんに聞いてきたんだがよ」

鮫を下ろしていた男は「おっ？」と目を丸くした。

「あんた、鉄太さんの知り合いかい」

慎介はうなずく。

「室町《むろまち》三丁目にある、朝日屋って旅籠の料理人さ」

「じゃあ、あんたが慎介さんかい。元福籠屋の——」

まな板の上に包丁を置くと、男は立ち上がった。

「じゃあ、そっちが噂の女料理人かい」

いったいどんな噂があるのかと、ちはるは身構えた。男は笑う。

「ものすげえ鼻が利くって話だよ。包み揚げとか、芋の菓子とか、頑張って作ってんだろ」

ちはるは、ほっと肩の力を抜いた。とんでもない酒乱だという噂が魚河岸を駆け巡っていたら、どうしようかと思ったのだ。

「小田原から来た矢吉《やきち》なら、あそこだぜ」

指差された店の中を見ると、調理場に座っている若い男がいた。蒲鉾板の上に、魚のすり身を蒲鉾包丁で載せている。手が早い。躊躇《ちゅうちょ》なく、流れるような動きで、すり身の形を整えていく。いかにもなめらかな半月形となった白いすり身は、遠目にも艶々と輝いて見えた。

「おい矢吉、お客さんだぜ！　朝日屋の料理人さんだ」

矢吉は顔を上げると、近くにいた職人にあとを任せて、こちらへやってくる。鮫を下ろしていた男に一礼して、ちはると慎介は矢吉に向き直った。

「仕事中すみません」

頭を下げた慎介に、矢吉は怪訝《けげん》な目を向けた。

「旅籠の料理人さんが、おれに何のご用で」

「いや、あんたが小田原から来た蒲鉾職人だって聞いたんで、ひょっとして伝蔵さんを知らねえかと思って――」

「伝蔵さんだって⁉」

矢吉の表情が、ぱっとほころぶ。

「知ってますよ。生まれた村も、修業した店も違うけど、同じ海沿いに住んでいたんです」

矢吉は首をかしげて慎介を見た。

「何で、伝蔵さんをご存じなんで？」

「伝蔵さんは、朝日屋の初めての泊まり客だったんですよ」

矢吉は目を瞬《しばたた》かせる。

「伝蔵さんが江戸へ来たんですか？　いったい、いつのことで。すぐそこまで来ていながら、顔を見せてくれないなんてひでえや」

慎介は取り成すような笑みを浮かべた。

「大事な用事があって、すぐに帰ってしまったんですよ」

ちはるも黙って微笑む。

死んだ妻子のあと追いをするために伝蔵が江戸へ来たとは、ちはるだって口が裂けても言えない。

「旦那さんの用事だったのかな。仕事なら、まあ仕方ないけど――伝蔵さんは元気でしたか？」

慎介は大きくうなずく。

「伝蔵さんのおかげで、蒲鉾の美味さを改めて嚙《か》みしめましてね。正月の節料理にも蒲鉾を使いたいと考えているんですよ」

「晴れの日のごちそうなら、蒲鉾は絶対に入れなきゃ！」

矢吉は声を張り上げた。

「昔、平安京の貴族たちは、祝いの席で蒲鉾を食べていたっていうじゃありませんか。その頃の蒲鉾は、今でいうところの竹輪だったって知ってますか？」

細竹に魚のすり身をつけて焼いた物である。蒲《がま》の穂に似ているところから「蒲穂子《かまぼこ》」と呼ばれ、また蒲の穂が鉾《ほこ》に似ているところから「蒲鉾」と呼ばれるようになったといわれている。

「蒲鉾は魚をたっぷり使うから、昔は高級料理だったんですよ」

矢吉は、でき上がった蒲鉾が並べられている台のほうを指差した。

「太閤秀吉《たいこうひでよし》公の頃には、すでに焼いた板つき蒲鉾が作られるようになって、それまで蒲鉾と呼ばれていた物は竹輪と呼ばれるようになったと伝えられていますが――」

今、江戸に出回っている板つき蒲鉾は焼いておらず、蒸して作られている。

「あの板一枚に、どれくらいの魚が使われているか知っていますか」

ちはるは首をかしげた。

「すり身にする、魚の大きさにもよりますよね」

　矢吉はうなずく。

「うちの店では、大板蒲鉾じゃなくても、たっぷりとすり身を使っているんで、だいたい板一枚につき六匹から八匹分の魚を使っています」

　板つき蒲鉾は、大板蒲鉾、小板蒲鉾、細蒲鉾など、板の大きさや使うすり身の量によって呼び分けられている。

　ちはるは目を大きく見開いて、台の上を凝視した。大板とは言えない板の上の蒲鉾は美しくこんもりと盛られ、惜しげなく魚のすり身が使われているのは明らかだ。

　矢吉はちはるを見下ろして口角を上げた。

「おれは板つけをする時、板から朝日が昇るさまを思い描いて、丸く広がる扇形を作るよう心がけているんだ」

「朝日を思い描いて……」

　矢吉は目を輝かせて大きくうなずいた。

「自分の手でいくつもの小さな朝日を生み出していくと思えば、これほど誇らしい仕事はねえぜ」

　ちはるは自分の両手を見つめた。

　この手で、これからいったい何を生み出していけるのだろうか――。

「矢吉さんは、どうして江戸へ来なすったんだい」

慎介の声に、ちはるは顔を上げる。

「蒲鉾を作るには、いい水が必要だろう」

慎介は周囲を見回した。

「江戸は、神君家康公《しんくんいえやすこう》が海を埋め立てて造った町だ。蒲鉾作りを究《きわ》めようとするなら、小田原の水は捨てがたかったんじゃねえのかい」

矢吉は感心したように慎介の顔を見つめる。

「確かに、小田原の水はとてもいい。いい水に魚の身をさらして、よぶんな脂なんかを取り除くことは、本当に大事なんです。小田原で獲れる沖ぎすなんかは蒲鉾作りに最高だってんで、おれとは反対に、江戸から小田原に移り住む蒲鉾職人もいますよ。だけどね――」

矢吉は右手の拳を、ぐっと顔の横に掲げた。

「いい蒲鉾を知っているからこそ、本物の味を世間に広めていきたいじゃありませんか。おれは小田原で叩き込まれた蒲鉾の技を、もっと究めて、この江戸で挑んでいきてえんです。幸い、この店の親方も、ご先祖さんは小田原の出だそうで。おれの心意気をよくわかってくださっています」

矢吉は握り固めた拳を広げながら、でき上がった蒲鉾に向かって手を伸ばした。

「鯛の尾頭つきと並んで、蒲鉾も、晴れの日には絶対に欠かせねえ主役の品だと思ってもらいたくて、店の者たちと一緒に今いろんな見せ方を考えているところなんです」

矢吉は空を見上げた。蒲鉾のように見える白い雲が、ぽっかりと浮かんでいる。

「蒲鉾を白飯に見立てて、握りずしのように上に刺身を載せてみちゃどうかと考えてみたりもしてね」

握りずしは、両国《りょうごく》の華屋与兵衛《はなやよへえ》が文政（一八一八〜一八三〇）の初め頃に考案したといわれている。

ちはるは唸った。

「お正月に出すのであれば、やっぱり紅白にしたいですよね――赤い刺身といえば鮪《まぐろ》――刺身じゃないけど、茹《ゆ》でた海老《えび》や蛸も赤くなるか――はららご（鮭の卵）もいいかもしれない――」

独《ひと》り言《ご》ちていると、隣で慎介も唸り声を上げた。

「蒲鉾本来の味をしっかりと出すには、梅びしおを合わせてもいいかもしれねえ。梅は新春の花だし、紅梅なら色も赤い。めでてえ見栄えにできるんじゃねえか」

ちはるの口の中に、じゅわりと唾が湧いた。

ぷりっとした蒲鉾の甘みと、梅びしおの甘酸っぱさは、とてもよく合いそうだ。

「見栄えってことなら、蒲鉾の飾り切りなんかも考えているんでさ」

矢吉が弾んだ声を上げた。

「蒲鉾を竹に見立てたり、菊に見立てたりする切り方を、あれこれ試していてね。例えば――」

身振り手振りを交えて説明する矢吉の表情は楽しそうで、心底から蒲鉾が好きなのだということがとてもよく伝わってくる。

「――だからね、この菊の上に茹で卵の黄身を載せようと考えていたんだけど、正月で紅白にしようってんなら、おっしゃる通り、ここに梅びしおか、はらごを載せれば――」

矢吉の話を聞きながら、ちはるもわくわくしてきた。

蒲鉾職人も、料理人も、食べる人に喜んでもらいたいという思いは同じなのだ。

以前、傷心の伝蔵のために人参や南瓜《かぼちゃ》で紅葉《もみじ》の飾り切りを作った時のことを思い出す。

あの時、慎介は言っていた。

――料理は舌だけで味わうもんじゃねえ。目で味わうものでもあるんだ――。

見た瞬間から食べ終えるまで――いや、食べ終えたあとも喜びが続く料理を作りたい、とちはるは改めて思った。

朝日屋へ帰る途中、室町に入ったところで慎介が足を止めて振り返る。

「どうしたんですか？」

「いや、いい職人に出会えたと思ってな」

慎介は安針町の方角に向かって目を細めた。

「おれも、まだまだ若えやつには負けたくねえと思ったぜ。おれたちも、矢吉さんが驚くような蒲鉾の食べ方や飾り切りを考えていかねえとな」

「はい」

慎介の目は力強く輝いている。

ちはるは嬉しくなって、満面の笑みを浮かべながら、再び歩み始めた慎介のあとをついていった。


朝日屋に着くと、すぐ泊まり客たちのために朝膳を用意した。

本日の朝膳は、卵焼き、山芋のとろろ、焼いた塩鮭、人参や牛蒡をたっぷり使った煮物、白飯、しじみの味噌汁——食後の菓子は小蜜芋である。

すべての膳が客室へ運ばれていき、調理場でほっとひと息ついたところへ、勝手口から「ごめんください」と声が上がった。振り向けば、印半纏をまとった中年男が二人立っている。

「門松と注連縄《しめなわ》を取りつけに参りやした」

慎介が戸口へ向かう。

「ご苦労さん。表へ回ってくれ」

「へい」

土間のほうを見れば、綾人がうなずいて表へ出ていった。怜治も、そのあとを追う。

「おう、頼むぜ。立派に仕上げてくんな」

「へい」

表で職人たちの仕事ぶりをしばらく眺めていた怜治だが、暖簾をかき分け戻ってくると、まっすぐ調理場の前に来て慎介を見た。

「ちょいと出かけてくるぜ。すぐに戻ってくるつもりだが、もし、おれが帰ってくる前におしのが前掛を持ってきたら、先にみんなで見ていてくれ」

おしのは近所に住む大工のかみさんだ。日頃は内職で繕い物をしているが、朝日屋が忙しい時に仲居として手伝ってくれた。今後も掛け持ちで働いて欲しいと怜治は頼んでおり、朝日屋一同そろいの前掛も作ってくれと注文していた。

「たまおと相談して、いい色を選んだらしいからな。立派な物が仕上がっているはずだぜ」

前掛について、おしのとのやり取りを任されているのは、たまおである。みなで賄を食べたりしている時に、だいたいの話は聞いていたが、ちはるが実際に前掛を見るのは今日が初めてだ。期待が大きく膨らむ。

「じゃあな」

ひらりと手を振って、怜治は表から出ていってしまった。

「おしのさんが来る日だっていうのに、いったい、どこへ行ってしまったんでしょうか」

慎介は訳知り顔で表口を見やる。

「おそらく、柿崎さまのところだろう」

「あ……」

詩門が負傷したあと、仕事の合間に何度か様子を見にいった怜治だったが、まだ一度も会えていなかった。

「柿崎さま、そんなに悪いんでしょうか」

床に就いているといっても、命に別状はないと聞いていたので、そのうち怜治も会えるだろうと前向きに考えていたのだが——ちはるが思っていたより、ずっと深刻な事態なのだろうか。

「やっぱり、もう身分が違うから門前払いなんでしょうかねえ。怜治さんがまだ火盗改だったら、柿崎さまに会わせてもらえていたんでしょうか」

「そんなこと言ったたって、しょうがねえやな」

慎介が、ため息をつく。

「何度も言うが、とにかく、おれたちは、おれたちにできることをするしかねえんだよ」

「はい……」

わかっているつもりでも、何度も立ち止まってしまう自分が情けない。

二階の客室から空になって戻ってきた朝膳の器を井戸端で洗いながら、ちはるは歯を食い縛った。手がちぎれそうなほど冷たい水に触れながら、頭を冷やす。

今、自分にできること――。

先ほど会った蒲鉾職人、矢吉の言葉が頭の中によみがえる。

――自分の手でいくつもの小さな朝日を生み出していくと思えば、これほど誇らしい仕事はねえぜ――。

ちはるは冷え切った両手を握りしめた。

朝日屋の料理人として、自分もこの手で、いくつもの朝日を生み出していかねばならぬのではないのか。日輪《にちりん》の光を集めたような膳を――人の心身を温かくするような料理を、丹精込めて作っていかねばならぬのではないのか。

「ちはる、おしのさんが来たわよ！」

おふさの声がした。しゃがんだまま振り返ると、まるでしっぽを振って喜ぶ獅子丸のような顔のおふさが戸口に立っていた。

「何やってるのよ、早く終わらせなさいよ」

じれたように、おふさは足踏みをする。ちはるは器をすすぐ手を速めた。

「もう終わる。すぐに中へ戻るわ」

洗い終えた器を桶《おけ》に入れて立ち上がると、おふさが踵《きびす》を返した。

「先に行ってるから！」

　桶を調理場に置くと、ちはるは急いでおふさのあとを追った。

　入れ込み座敷に座るおしのは、ちはるを見ると目を合わせてにっこり笑ってくれた。以前のような、おどおどした印象はない。表情に力強さを感じる。

　おしのの隣に座っていた、たまおが一同を見回した。

「怜さま以外、みんなそろったわね？」

　一同はうなずいて、車座になった。みなの視線は、おしのの膝の前に置かれている風呂敷包みに集まっている。

　たまおが顔をほころばせて、おしのを見た。

「では、お披露目してちょうだいな」

　おしのはうなずくと、緊張の面持ちになって風呂敷の結び目をほどき始めた。

　みなが黙って見守る中、はらりと開かれた風呂敷の中から出てきたのは、きちんと畳まれた曙色の前掛である。

　おしのは前掛を一枚手に取って、入れ込み座敷の上に広げた。

　一同の口から感嘆の息が漏れる。

　夜の静寂に差す最初の朝の光が、ひと筋の曙色となって目の前に現れたかのようだ。新しい日への希望に心が浮き立つような──それでいて、ほっと落ち着くような、優しい色合い──。

「やっぱり、暖簾と同じ色にしてよかったわ」

たまおの言葉に、一同は表口にかかっている暖簾を見つめた。

「うちは朝日屋だから、やっぱり朝日の色にしようって、おしのさんと決めたの。仕事中に汚れがつくことを考えたら、紺色や茶色でもいいかと迷ったんだけど──おしのさんが『朝日屋にぴったりの色は、これしかありません』って薦めてくれてねえ」

おしのはこくりとうなずいた。

「わたしなんかが口を出していいものかとも思ったんですが……初めてここに来た時、暖簾の色を見て、わけもなく頑張ろうと思えたんです。だから……」

慎介が小さな笑い声を漏らした。

「うちは一陽来復《いちようらいふく》の宿だからな」

ちはるは慎介の言葉を噛みしめた。

わけありの者たちが集《つど》い、再び前を向いた場所──今ここにいる、それぞれの胸に、曙色の光が差したはずだ。

床に広げられた前掛を、綾人が微笑みながらそっと撫でた。

「裾のほうに、朝日屋の『あ』が入っているんですね」

見ると、右下に――身に着けた時に左下にくる位置に、小さく染め抜かれた一文字がある。

「絵師の緑陰白花《りょくいんはくか》さんがお泊まりの折、記念に朝日屋の名を箸紙《はしがみ》に入れてくれとおっしゃって、怜さまが『あ』と書いたでしょう」

たまおの言葉に、ちはるはうなずいた。

淡い曙色の箸紙に、怜治が面倒くさそうな顔で書いたのは「あ」の一文字のみ――筆の最後がくるんと大きく丸まって、丸に「あ」の字を入れた屋号のようになったのだった。

ちはるは身を乗り出して、前掛の「あ」を指差した。

「怜治さんが描いた文字とは、少し違いますね」

前掛の「あ」は、白い円の中に曙色の文字が入っているのだが、文字の線のすべての端が円周にくっついている。つまり、前掛の地色と繋がっているのだ。

「小さな白い毬《まり》に『あ』という模様が入っているようにも見えます」

ちはるの言葉に、綾人が同意する。

「本当だ。とても可愛らしいね」

たまおが、ふふふと笑った。

「最初は、そのまんま怜さまが書いた『あ』を入れようかと思っていたのよ。だけど、もっといい柄にできないかと、おしのさんがうんうん唸りながら、いろいろ考えてくれてねえ」

たまおは目を細めて、前掛を見つめた。

「ちはるちゃんが言ったように、この『あ』は毬のようにも見えるでしょう。毬は丸いから、何事も丸く収まりますように──弾むから、物事に弾みがつきますように──そんな願いを込めて、おしのさんが生み出してくれた『あ』なの」

みなの視線が、おしのに集まる。おしのは頬を朱に染めて、前掛に目を落とした。

「気に入っていただけたら嬉しいんですけど──」

ちはるはおしのに向かって身を乗り出した。

「気に入りましたよ！　とっても！　ありがとうございます、おしのさん」

みな何度もうなずいて、おしのに礼を述べた。

おしのは嬉しそうに微笑みながら、前掛を一枚、慎介に差し出す。

「どうぞ」

「ありがとよ」

慎介は受け取ると、すぐに立ち上がって身に着けた。前掛の紐《ひも》をきゅっとしめて、照れくさそうに鼻の頭をかく。

「どうだ、似合うか。おれには、ちょいと派手じゃねえか？」

ちはるは首を横に振った。

「ものすごく恰好《かっこう》いいですよ」

たまおがうなずく。

「年配の男の人がつけても素敵だわぁ――いいえ、きっと慎介さんだから素敵なのねえ」

慎介は相好《そうごう》を崩した。

「おいおい、おだてたって何にも出ねえぞ」

おしのは次の前掛を手にした。たまお、綾人、ちはる、おふさと、順に受け取っていく。

さっそく、そろって身に着けた。

ちはるは立ち上がり、腰にしめた自分の前掛を見下ろした。

真新しい曙色の前掛は、見ているだけで心が浮き立つ。裾の「あ」の字が毬のように、ぽーんぽーんと弾んできそうだ。

「みんな、よく似合っているわ」

たまおの言葉に、一同は満足しきった表情でうなずいた。

風呂敷の上に残っている前掛は三枚。

「あとは怜さまと、兵衛《ひょうえ》さんと――」

たまおは一枚を手にして、おしのに差し出した。

「はい、これは、おしのさんの分ね」

おしのは、はにかんだ笑みを浮かべて受け取った。抱きしめるように胸の前で握りしめてから、身に着ける。

「おや、みなさん、新しい前掛でっか」

階段のほうから聞こえる声に、振り向くと、孫兵衛が二階から下りてきていた。

「暖簾と同じ、曙色ですな。まるで、一人一人が小さな日輪を身に着けたようやおまへんか。うん——実に、ええなあ」

孫兵衛の言葉に、ちはるの胸がじわりと温かくなった。

これからは、小さな日輪を毎日身に着けるのだ——。

孫兵衛は、にこにこ笑いながら入れ込み座敷の前に来た。

「新年の支度ですやろ？　門松と注連縄も取りつけはったみたいで。さっき二階まで職人さんらの声が聞こえてましたんや」

たまおが深々と一礼する。

「お部屋でお休みのところ、騒々しくて申し訳ございませんでした」

「そんなんかめへん、かめへん」

孫兵衛は笑顔で頭を振った。

「活気があってええですわ。江戸は大坂と門松もなんやちゃうらしいですなあ。せやから、ちょいと見せてもらお思うて下りてきましたんや」

ちはるたちは首をかしげた。

「江戸と大坂では門松が違うんですか？」

孫兵衛はうなずく。

「上方ではね、武家と大店《おおだな》は、竹を添えへん門松の根元に砂を盛るんやで。それと、前垂《まえだれ》注連《じめ》ね」

孫兵衛は悔しそうに唇をすぼめた。

「大店いうんは、呉服の大丸《だいまる》、三井《みつい》、岩城《いわき》屋なんかを言いますんや。同じ呉服屋でも、他の店では、そないなふうに飾りまへん」

孫兵衛は気を取り直したように、再び笑みを浮かべる。

「それ以外の家は、お金ようけ持ったはるとこでも、そないな飾り方はしまへんのや。戸口の両柱に松を釘《くぎ》で打ちつけてな、戸の前に張る注連縄も簡素なもんですねん」

孫兵衛は表口へ顔を向けた。

「江戸では、町中の商家や武家が、みんな同じような松飾りをするんやろ？」

慎介がうなずく。

「門松は、その家によって多少違いますがね。うちみたいに、長くて太い削ぎ竹に小松を添えた物もあれば、葉がついたままの大きな笹と松を組み合わせた物もあります」

ちはるの実家である夕凪亭は小さな店だったので、上方の家々と同様、柱に松を打ちつけていた。

「ほな、さっそく、見にいってみよ」

言うや否や、孫兵衛は出かけていった。

慎介が感心したように唸る。

「好奇心が旺盛なお方だ」

おふさが同意する。

「お元気ですよねえ。本町一丁目の筒美屋さんは、若旦那も番頭さんも、みんな若い方ばかりのはずですけど――孫兵衛さんが江戸店に入っても、まったく違和感がないんじゃありませんか」

呉服屋の人数立てを知っているあたり、さすが唐物屋のお嬢さんだ、とちはるは舌を巻いた。

慎介が優しい手つきで、ぽんぽんと前掛を叩く。

「こいつの使い始めは、新年からだ。商売人の厳しい目を持つ孫兵衛さんが褒めてくだすった前掛だから、きっと縁起がいいぞ。呉服屋の番頭さんだから、見る目も確かだろうしな」

一同は笑顔でうなずいた。

ちはるの頭に、ふと、客に道案内をした時に絵図が思い浮かばなかったと語っていた孫兵衛の姿がよみがえる。

――ああ、何で、それに気づけへんかったんやろ――。

そう言った時の孫兵衛は、とても悔しそうだった。

そして、江戸の名所の絵図を常に用意しておくよう助言してくれた時の孫兵衛は、まさにやり手の大坂商人という風格を漂わせてはいなかっただろうか。

「引退だなんて……もったいない気がします」

ちはるの言葉に、慎介はうなずいた。

「だが、孫兵衛さんの前でそんなことを口にしちゃならねえぞ。孫兵衛さんご自身がお決めになった進退だ。おれたち旅籠の奉公人が、とやかく言うことじゃねえ」

「はい」

重々承知しているつもりです、とちはるは頭を下げた。

「旅籠屋のおれたちにできることは――いや、おれたちがすべきことは、お客さまがお泊まりになっている間いかに心地よく過ごしていただくかってことを考えて、それを実際に行うことだ」

「はい」

今度はちはるだけでなく、みなも一緒に返事をした。

「よし」

曙色の前掛をはずして、慎介がちはるに向き直る。

「もうすぐ鉄太さんのところから、かれいが届くだろう。それから、『日の出大福』も作ってみなくちゃならねえぞ」

「はい」

みなもいったん前掛をはずして、それぞれの持ち場へ戻ろうとした時、怜治が帰ってきた。

「おかえりなさい」

「いかがでした？　柿崎さまにお会いできましたか？」

土間に踏み入った怜治が頭を振って、まだ入れ込み座敷にいた一同を見る。

「詩門には、今日も会えなかったが——見舞いにきていた秋津さんから、少し話を聞くことができてよ」

怜治は入れ込み座敷に上がると、腰を浮かせていた綾人の前に立った。

「詩門に傷を負わせたのは、清吉《せいきち》だって話だ」

綾人が息を呑《の》んだ。

清吉とは、怜治がまだ火盗改同心だった頃に捕らえた盗賊、鬼《おに》の又蔵《またぞう》の弟だ。長らく江戸を離れていたはずだったが、近頃、舞い戻ってきたらしい。朝日屋の前の通りに立って、じっと綾人を見ていたという。

兄である鬼の又蔵が捕らえられたのは、かつての綾人の奉公先に押し入った夜だった。

清吉は、怜治と綾人を逆恨みして朝日屋に近づいてきたのかと、みなで懸念していたのだったが――。

綾人は握り固めた手を震わせた。

「どうして――どうして、清吉が柿崎さまを――柿崎さまが怪我を負ったのは、葺屋町なんでしょう？　葺屋町を騒がせていた盗賊と、清吉は、やっぱり関わりがあったんですか？」

怜治は疲れ切ったような顔でため息をついた。

「清吉が、その盗賊だったんだよ。火盗改は、近頃やけに羽振りがよくなった湧泉堂《ゆうせんどう》に必ず賊が現れると読んで、張り込んでいたんだ」

盗みが多発していた葺屋町では、商家を始めとした家々が警戒を強めていたが、中でも湧泉堂という薬屋は物々しい構えだったと、ちはるたちも聞いた。何人もの用心棒を雇い、訪れる客たちまで盗賊の一味ではないかと怪しんで、手荷物を改めることもあったという。

綾人は顔を強張らせて、ぺたりと床に腰を下ろした。

「だけど、これまで清吉は、人を傷つけていませんでしたよね……夜中にそっと忍び込んで、家の者たちが眠っている間に金を盗んでいたんでしょう？」

怜治は苦々しい顔で唇をゆがめた。

「用心棒が待ち構えているところへ盗みに入ると決めた時すでに、これまでのやり方は通用しねえと腹をくっていたんじゃねえのか」

と言って、すぐ、怜治は頭を振った。

「いや——これまでだって、店の者に見つかったら殺しちまおうと思っていたのかもしれねえ。清吉と一緒に盗みに入ったやつは、夜叉《やしゃ》の源兵衛《げんべえ》と言われた盗人でよ。そいつは昔、殺しも平気でやっていたんだ」

綾人が首をかしげる。

「四年前の押し込みの時には、いなかった男ですよね？」

「ああ。もとは同じ一味にいたんだが、いつの間にか姿を消していてな」

まるで火盗改に戻ったかのような鋭い目つきで、怜治は眉間《みけん》にしわを寄せた。

「一味の頭だった黒蜘蛛《くろくも》の乱太郎《らんたろう》は、裏切り者を絶対に許さねえ。足抜けなんてしようもんなら、どこまでも追いかけられて、無残に殺されちまうのさ。身内も平気で巻き添えにされる」

ちはるたちは、ひと塊となって入れ込み座敷の隅に座り、息を詰めて怜治と綾人のやり取りを見守っていた。目の前を通り過ぎていく血生ぐさい話に、二人がどれだけ凄惨《せいさん》な過去に身を置いていたのかを改めて知る。

「だから源兵衛も、仲間割れで殺されちまったのかと、火盗改の間では思われていたんだ。かつて源兵衛が囲っていた女が、いつの間にか乱太郎の女になっていたしよ。何らかの揉《も》め事があったのは間違いねえはずだ」

怜治は過去の記憶を確かめるように目をすがめた。

「もし源兵衛が一味を裏切っていなかったとしたら——手下を殺して女を寝取ったんじゃ、さすがに外聞が悪いってんで、乱太郎は源兵衛の始末を大っぴらにしなかったのかと思っていたんだが——」

綾人の顔に嘲笑が浮かぶ。

「悪党でも外聞を気にしたりするんですか。人の物を奪うのが、盗人の常でしょう」

怜治は肩をすくめた。

「金の分け前と女の扱いには、それなりのしきたりってもんがあったのかもしれねえな。仲間内で揉めて、次々殺し合いになると、一味の存続も危ぶまれるだろう」

綾人は納得顔になって、うなずいた。

「何にせよ、清吉と源兵衛が手を組んで、葺屋町を荒らし回っていたということですね。そして、そいつらを捕らえようとした柿崎さまが深手を負ってしまった——」

「ああ」

怜治は悔しそうに目を伏せた。

「おれが聞き出せたのは、そこまでさ。相変わらず詩門には会わせてもらえねえし、詩門が刺された時の詳しい状況までは教えてもらえねえ。『おまえにはもう関わりのないことだ』の一点張りでな」

「そうですか……」

綾人も床を見つめて、ため息をつく。

入れ込み座敷に重い沈黙が落ちた。

慎介が膝立ちになって「まあ、まあ」と声を上げた。

「そこまで教えてもらえりゃ、じゅうぶんじゃないですか。盗人二人は、お縄になったんでしょう？」

怜治が横目で慎介を見やる。

「詩門が斬り捨てたとよ」

入れ込み座敷は再び、しんと静まり返った。

詩門は負傷しながらも、賊を斬り殺したのか――。

「ま、まあ――柿崎さまがご無事で、何よりだったじゃありませんか」

重苦しい沈黙を払うように、慎介が両手をぱちんと打ち鳴らした。

「恐ろしい騒動も、この年の暮れで片がついた。まさに『年の瀬越し』ってやつですな。来年は、いい年になりますよ」

慎介は、畳んで置いておいた前掛を手に取った。

「ほら怜治さん、見てください。おしのさんが作ってくれた前掛ですよ。うちの暖簾と同じ、曙色です。ちゃんと『あ』の字も入っていますよ」

　慎介は怜治の前に、ぐいと前掛を差し出した。受け取った怜治の口元に小さな笑みが浮かぶ。

「おう——おれが書いたのよりも、ずいぶん洒落た『あ』じゃねえか」

　慎介がうなずく。

「可愛らしい毬みてえな『あ』でしょう。これからは物事に弾みがついて、何事も丸く収まりますよ」

　怜治は前掛を握りしめて、おしのを見た。

「いい前掛を作ってくれて、ありがとうよ。気持ちが明るくなる、いい色だなぁ」

　おしのは居住まいを正して怜治を見つめ返した。

「一陽来復の、朝日屋の色です」

　怜治は、くしゃりと泣き笑いのような笑みを浮かべて天井を仰いだ。

「そうだな——おれたちの色だな」

　再び前を向いた怜治の表情は、もういつも通りだ。にやりと口角を上げて、一同の顔を見回す。

「今年も残りわずかだ。食事処は、大晦日から元日まで休むから、もう明日が年内最後だな。気合いを入れて、しっかり頼むぜ」

奉公人一同の声が、入れ込み座敷に響き渡った。

「はい！」

っという間に時は過ぎていく。


あっという間に時は過ぎていく。

鉄太の店から届いたかれいを揚げて夕膳に出したかと思えば、翌朝の膳を作り、孫兵衛以外の泊まり客が旅立っていくのを見送って、昼の賄を作り——また夕膳を出す時分となった。

綾人が表の掛行燈に火を灯すと、食事処の客たちが入ってくる。

本日の夕膳は、人参の昆布巻き、山芋の味噌漬け、小鯛の塩焼き、冬の玉手箱、白飯、海老のつみれ汁に、食後の菓子は日の出大福である。

「この冬の玉手箱というのは、小松菜と葱《ねぎ》と、ほぐした鮪の身を餡にして、小麦粉で作った皮に包んで揚げた物です」

入れ込み座敷に、おふさの声が響いた。周囲の客たちが「おおっ」と声を上げる。

「秋の玉手箱には、きのこと茄子と鮪が入っていたなぁ。外はぱりっとして、中はとろぉりで、美味かったぜぃ」

「あの包み揚げは、おれも好きだった。さあて、こいつはどうかな」

ちはるは入れ込み座敷をじっと見つめた。

客たちが「冬の玉手箱」を口に入れる。

「むっ――ぱりぱりだ。嚙めば、口の中で音が上がるぜ」

「皮の中から、とろりとした餡が出てきた。たっぷり入った小松菜と鮪が、いい味出してる。醬油が薄過ぎず、濃過ぎずで、酒も飯も進むなぁ」

ちはるは慎介と顔を見合わせて、微笑み合う。

今年の秋、朝日屋の存続を懸けて生み出した「玉手箱」――この年最後の夕膳には、冬の装いで登場させたかったので、寒い時季に重宝する青物の小松菜を入れたのだ。

入れ込み座敷のあちこちで「冬の玉手箱も美味い」という声が上がっている。

「お客さんたちに喜んでいただけて、よかったですね」

「そうだな」

そして調理場へ聞こえてくる賛辞は「冬の玉手箱」にだけでなく、もうひとつ――。

「いったい何だ、こりゃ！　まるで日輪じゃねえか」

食後の菓子として膳につけられた蜜柑入りの大福を見て、どよめく客たちもいる。

「こちらは朝日屋が、みなさまのご多幸を願って作りました『日の出大福』でございます」

おふさが入れ込み座敷を回りながら説明した。

「みなさまのもとへ大きな福が訪れますようにと祈りながら、大福の中に蜜柑を入れさせていただきました。日の出に見立てた蜜柑をお召し上がりになりましたら、お腹の中に明るい光が満ち溢れますよ。きっと来年も、いい年になります」

おふさの言葉に、客たちは朗らかな笑い声を上げる。

「初日の出を拝みにいかなきゃって気になっちまうなぁ」

「おれは暗くて寒い中、出かけるなんざごめんだぜ。この『日の出大福』を食っとけば、寝正月を決め込んでも大丈夫だろう」

「いや、年が明けたらすぐにまた朝日屋へ来て、もう一度『日の出大福』を食べなきゃ駄目なんじゃないか」

「日の出を拝まなかった者は、朝日屋で『日の出大福』か――商売上手だなぁ」

客たちが再び大きな笑い声を上げる。入れ込み座敷には、料理と酒のにおいと、客たちの笑顔が広がっていた。

たまおが二階から下りてきて、まっすぐ調理場へやってきた。

「今、孫兵衛さんに夕膳を運んでいったんですけど、『冬の玉手箱』をひと口お召し上がりになって、とても美味しい料理だと褒めていただきました」

慎介が嬉しそうに目を細める。たまおはにっこり笑った。

「でも、やっぱり最初は『日の出大福』に目が釘づけで――『何ですねん、これは。えらいめでたい大福やなぁ』と、おっしゃいまして――」

きらりと目を光らせて「菓子だけでも売れますで」と断言したという。

たまおは「それから」と続けた。

「孫兵衛さん、明日のお夕食はいらないそうですよ。年越しの夜は、筒美屋さんでお過ごしになるんですって」

慎介はうなずいて、入れ込み座敷を見渡した。

「それじゃ、今年お客さんに夕膳を出すのは、今日が最後だな」

ちはるもたまおも入れ込み座敷に向き直った。

年が明けても、美味しい料理を作って客に出す仕事に何ら変わりはないはずなのに――年が変わると思えば、やはり何とも言えない感慨が込み上げてくる。

日の出大福を指差して笑う客たちの明るい声が、朝日屋の中を照らすように響き渡っていた。


翌日の日暮れ近くになって、孫兵衛は筒美屋へ出かけていった。

通りに出て見送った一同は、曙色の暖簾の前で、薄暗くなっていく町を眺める。

「いつもより人がまばらですね」

寂しげな綾人の声に、慎介がうなずく。

「みんな自分の家で、家族と年越しするんだろうよ。今日の夜まで忙《せわ》しなく動き回っているのは、掛取《かけと》りぐらいのもんだ」

江戸での商売は掛売り（代金あと払い）が多く、年二回の節季（盆前と年末の決算期）には、店の掛取り（集金人）たちが溜まった未払い金を取り立てるため、夜中まで駆けずり回ることもあった。

朝日屋でも、泊まり客や、食事処の一見客《いちげんきゃく》たちからは、その都度代金をもらっているが、やはり食事処に来る近所の馴染《なじ》み客には、つけ払いを認めていた。

たまおが小首をかしげる。

「払いを踏み倒そうとして、掛取りから逃げ回る人も毎年いると、よく聞くけれど――うちのお客さんたちは、みなさん、きちんとした方たちばかりだから、大丈夫よねえ」

おふさが頭を振った。

「わかりませんよ。人は見かけによらないってこともあるんですから。うちの唐物屋にだって、たいそう羽振りがよく見えて、実は貧乏だったってお客さんが、たまに来るんですよ」

ちはるは腰に手を当て、おふさに向き直った。

「だけど怜治さんなら大丈夫よ。何てったって、元火盗改なんだから。万が一、逃げ回る人がいたって、とっ捕まえて、金をむしり取ってくるに決まってるわ」

夕凪亭を荒らした火盗改たちの姿が頭によみがえってきて、ちはるはがくりと肩を落とした。

「火盗改は、とにかく容赦ないんだから……」

「おーい、みんなぁ！」

ちはるの声をかき消すように、通りの向こうから叫ぶ者がいた。声がしたほうを見ると、家主（地主）の娘婿《むすめむこ》である兵衛が手を振りながら駆け寄ってくる。

「さっき偶然、怜治さんに会って聞いたんだけどさ、今夜は客が誰もいないんだってね」

兵衛は慎介の顔を覗き込んだ。

「福籠屋の時は、慎介さんが打った蕎麦《そば》を奉公人たちと年越しに食べていたけど、今年はどうするつもりだった？　まだ作ってはいないよね？」

慎介がうなずく。

「年越し蕎麦は、縁起物だから欠かせねえよ」

細く長い蕎麦を食べることで、寿命や身代がのびるようにと験《げん》を担ぐのである。また、来年も運が向くようにという願いを込めて食べるので「運蕎麦」とも呼ばれている。

「今年も、あとでおれが蕎麦を打とうかと思っていたんだが――」

おふさが感嘆の眼差しを慎介に向けた。

「慎介さんって、何でも作れるんですねえ」

「いや、蕎麦は店に出せるような腕前じゃねえよ」

謙遜《けんそん》ではなく、心底からそう思っているような表情だ。

「店の者たちと食べるんなら、まあいいかっていうくらいのもんでな。本職の蕎麦屋には、とても敵わねえ」

兵衛がにっこり笑いながら、うんうんとうなずく。

「それじゃあ今年は、みんなで本職の高級な蕎麦を食べにいこうよ」

一同は首をかしげて兵衛を見た。兵衛は得意げに胸を張る。

「笹屋《ささや》の鴨南蛮《なんばん》はどうだい？」

おふさが「わぁ」と歓声を上げる。

「馬喰町《ばくろちょう》一丁目の笹屋！　美味しいんですよねえ」

南蛮（異国）から伝わってきた食材や調理法を使った料理に「南蛮」という名がつけられることはよくあるが、葱や唐辛子を入れて煮た料理は南蛮煮と呼ばれている。鴨南蛮は、この南蛮煮をもとに、笹屋治兵衛《じへえ》が考案した蕎麦なのである。

「もちろん、わたしのおごりだよ。怜治さんは、慎介さんが『うん』と言えば行くってさ」

駄目押しと言わんばかりに、兵衛は続けた。

「たまには場所を変えてみるのもいいんじゃないのかい。気分が変わって、きっと憂さも晴れるよ」

兵衛の視線が、ちらりと綾人に向いた。葺屋町の件で綾人と怜治の気持ちが乱れていることを案じて、笹屋へ誘ってくれているに違いない――。

ちはるの眼差しを感じてか、兵衛がこちらへ目を移す。

「それに、よその味を知ることは、ちはるの修業にもなるだろうしねえ」

「はい！」

ちはるは勢い込んで返事をした。

「鴨の味を知りたいです」

慎介が小さく唸りながら、ちはるを見下ろした。

「そうだ、おめえは鳥肉を食ったことがなかったんだな。獅子丸のおこぼれで、鶏の肉をちょっとつまんだだけか」

ちはるは大きくうなずいた。あれは、まさに、おかげ犬の恩恵《おかげ》だった。

慎介は顎を撫でさすりながら宙を見やる。

「江戸じゃ、肉は滅多に食われねえが、滋養をつけるためだと口実をつけて食べる者は昔より増えてきている」

いわゆる「薬食い」である。

「両国には、ももんじ（獣肉）屋があるしよ。すぐそこの安針町には鳥屋があって、蕎麦屋でも鴨を扱っている。料理人の端くれとしちゃあ、ちはるも鴨南蛮のひとつやふたつ、味わっておかなきゃならねえかもしれねえなぁ」

兵衛が柏手《かしわで》を打つように、ぱんっと両手を合わせた。

「それじゃ決まりだ。怜治さんが帰ってきたら、すぐに――」

兵衛が言い終わらないうちに、おふさが大通りのほうを指差した。

「来ましたよ！」

一同が顔を向けると、小さな風呂敷包みを背負った怜治がこちらへ向かってきていた。ゆっくりとした足取りで、疲れたように少し背中を丸めている。

ふと顔を上げ、こちらの視線に気づいた怜治はすぐに背筋をしゃんと伸ばした。

「みんなそろってお出迎えかよ」

朝日屋の前まで来ると、怜治は笑いながら軽口を叩いた。

「兵衛に鴨南蛮の話を聞いて、おれの帰りを今か今かと待ち構えていやがったな」

一同は笑顔でうなずく。

「怜さまを置いていったら、すねるでしょう」

慎介が手を横に振った。

「いや、たまお、すねるどころじゃ済まねえかもしれねえぞ。怒って、正月の節料理を独り占めしちまうかもしれねえ」

「節料理で済めばいいけどねえ」

たまおと慎介の冗談に、兵衛が乗る。

「食べ物の恨みは恐ろしいと聞くよ。毎日わたしのところへ通ってきて、年がら年中、江戸中の鴨南蛮を食わせろと騒ぎ出したら、どうするんだい。『一年の計は元旦にあり』という言葉があるけどさ、『終わりよければすべてよし』って言葉もあるんだからね」

怜治が兵衛を小突いた。

「うるせえ。おれはそんな小せえ男じゃねえよ」

ちはるは思わず「でも」と口を開いた。

「しょっちゅう『お代わり寄越せ』とか言ってますよねえ」

怜治がちはるを睨みつける。

「黙れ。無駄口を叩いてねえで、さっさと出かける支度をしろ」

「はい！」

ちはるたちは急いで戸じまりをして、馬喰町へ向かった。


ちはるたちが朝日屋を出た時には、夜の帳《とばり》が下りかかっていた。

提灯《ちょうちん》を手にして東へ向かい、小伝馬町《こでんまちょう》を通り過ぎるまでの間に、何人かの掛取りらしき男たちを見た。みな険しい顔つきで、着物の裾をひるがえしながら駆けていく。まだ集金が終わっていないのだろう。

「難儀なこった」

怜治の呟きに、兵衛が同意する。

「今年のうちに集められなければ、店の旦那からお叱りを受けるだろうからねえ」

怜治は横目で兵衛を見やる。

「望月屋《もちづきや》のほうは大丈夫なのか。おれたちなんかと年越し蕎麦を食ったら、舅《しゅうと》の機嫌が悪くなるんじゃねえのか」

兵衛はあっさり首を横に振る。

「うちは除夜の鐘を聞きながら年越し蕎麦をたぐるんでね。みんなと一緒に鴨南蛮を食べるくらい大丈夫さ。舅どのは毎年、囲っている女のところへ顔を出してから膳の前に座るんで、まだ家にいないはずだよ。今頃は、わたしの女房とお義母《かあ》さんが、女同士で酒を酌み交わしながら盛り上がっているんじゃないかな」

怜治は「へえ」と苦笑する。

「望月屋の主は『百を超えても隠居しない』と豪語しているらしいから、妖怪じみた爺《じじい》かと思っていたが——案外、女たちに踊らされているのかもしれねえな」

「ああ、まったくだよ」

兵衛は道の脇に飾られている門松を提灯で照らした。

「望月屋の新旧交代にも、女たちの思惑が大きく絡んでいたりしてねえ」

兵衛は「怖い、怖い」と言いながら、浜町堀《はまちょうぼり》にかかる鞍掛橋《くらかけばし》を渡っていった。ちはるたちも、あとに続く。

橋のたもとに笹屋はあった。兵衛が話を通しておいてくれたおかげで、ちはるたちはすぐに二階の座敷へ案内された。

蕎麦が運ばれてくるのを待ちながら、男衆は酒を飲み、板わさを食べる。女衆は、茶と板わさだ。

「ちはるの近くには絶対に酒を置くなよ」という怜治の厳命に、ちはる以外はみなそろってうなずいた。

むっとして、蒲鉾を口に運んだちはるであったが、その美味さに機嫌がぐっとよくなってしまった。

「これ、すごく美味しい――口に運ぶまでの間に、もう魚の旨みたっぷりのにおいが漂ってきていましたけど――しなやかな歯ごたえと、魚の甘みが口の中いっぱいに広がって、たまらないですねえ。醤油をつけなくてもいいくらいです」

わさびを添えて、もうひと切れ食べれば、わさびの辛みで、蒲鉾の甘みがぐっと引き立った。わさびも、ただ辛いだけでなく、つんと鼻から抜けていく涼やかな風味が絶妙だった。

蒲鉾も、わさびも、素材そのものの味である。よい食材を使うことはやはり大事なのだ、とちはるは改めて痛感した。

隣に座る慎介の顔を見ると、にっこり笑って皿の上の蒲鉾を指差した。

「味はもちろんだが、今感じている、蒲鉾の歯ごたえもよく覚えておけよ」

慎介の指先を目で追うと、半月形になっている蒲鉾ひと切れの幅を指し示すように揺れていた。

「厚みによって、感じ方がずいぶん変わってきますよねえ」

ちはるの言葉に、慎介がうなずく。

「蒲鉾は、刺身と一緒だ。一番美味く感じられるように切らなきゃならねえ」

「はい」

「板わさは、板蒲鉾を切って、わさびを添えただけの品だ。蕎麦屋では、蕎麦が出てくるまでの間によく注文されるがよ」

江戸の蕎麦屋では注文が入ってから蕎麦を打つため、客は蕎麦が運ばれてくるのを待ちながら、板わさをつまんで酒を飲むのが粋だといわれていた。

蕎麦屋の品ぞろえは料理屋と違って、刺身などは扱っていない。よって種物《たねもの》（かけ蕎麦に具を載せた物）の種が酒の肴《さかな》にされているのである。蒲鉾は、長崎の卓袱《しっぽく》料理をもとにした卓袱蕎麦の種として使われていた。

「板わさを見りゃ、いい食材を活かすにはどうしたらいいのか、よくわかるだろう」

ちはるは居住まいを正して板わさを見つめた。

素朴な物ほど奥が深く、一見単純に見えて、実に難しい——。

「お待たせいたしました」

笹屋の女中が鴨南蛮を運んできた。前もって兵衛が頼んでおいてくれたおかげで、さほど待たずに済んだ。

どんぶりの上に「鴨」と書かれた朱塗りの蓋が置かれているのを見て、一同は歓声を上げる。蓋をはずすと、湯気とともに、こくのある蕎麦つゆの香りが立ち昇ってきた。

ちはるは、ごくりと唾を飲む。

初めて嗅ぐ鴨のにおいに、心が躍る。食べやすい大きさに切られた肉が三枚と、骨が二本——柚子《ゆず》の皮と、短冊切りにされた葱も入っていた。ほのかに漂ってくる柚子のさわやかな香りと、葱の甘いにおいも心地よい。

まず、色濃いつゆを、ひと口——鼻で息を吸い、つゆのにおいを堪能しながら、どんぶりを口に運んだ。

ちはるは唇を引き結んで、息を止める。口の中に広がったつゆの、何と美味いことか——鴨肉から出た脂は意外にもあっさりとしており、上品な味わいをかもし出している。それでいて、魚とはまた違った力強さを感じた。醤油の深みを、さらに深めて広げていくような——柚子の風味と葱の甘さも溶け込んでいた。

ちはるはつゆを飲み込んで、ふうっと鼻から息をつく。

鴨肉を一枚、箸でつかんだ。

口元に運ぶまでの間に漂ってくるにおいは、まさに命――。

大空を羽ばたく渡り鳥の影が、ちはるの前をよぎった。

口に入れて噛めば、濃厚な旨みが肉からじゅわりと出てきて舌の上で踊った。噛めば噛むほど溢れ出てくる豊かな滋味が、肉に絡みついていた蕎麦のつゆと混ざり合って、口の中を駆け巡る。

しっかりと火が通っているのに、やわらかい――くさみも感じない。

小さく噛みちぎった肉をごくんと飲み込めば、体の芯が震えた。

鴨の血肉が、今、ちはるの体の一部となった気がする――。

どんぶりの中に残っている二枚の鴨肉をじっと見つめたのち、ちはるは、先ほどまで蒲鉾が載っていた皿に目を移した。

蒲鉾の中にも――いや、ちはるがこれまで扱ってきたすべての料理の中に、たくさんの命が詰まっているのだ。それを忘れてはならぬ、と改めて胸に刻みつけた。

ちはるは蕎麦をすする。なめらかな喉越しの細い麺に、つゆがしっかりと絡みついていた。鴨と、葱と、柚子と、出汁と――それらすべてを包み込んだ醬油の温かい味わいが、ちはるの心身に染み入った。

気がつけば、みな無言で、ずっ、ずっと蕎麦をすすっている。

「ああ……」

一同の口から、感嘆のため息ともつかぬ声が漏れた。

「美味しかった……」

ちはるがしみじみと呟けば、みな一斉にうなずいた。

怜治が居住まいを正して、一同の顔を見回す。

「いろいろあったが、みんなで力を合わせて、この年を乗り切れた。来年も、よろしく頼むぜ」

ちはるたちは背筋を正して「はい」と答える。

「朝日屋の近くに探していた、たまおの新居も、兵衛のおかげで見つかったぜ。すぐ裏にあった仕舞屋《しもたや》が空いて、そこを借りられたんだ」

たまおが目を輝かせる。

「もとは小間物屋だったところですか？」

兵衛がうなずいた。

「ただし一階には、老夫婦が住むことになっているんだ。女の一人暮らしは物騒だから、番人代わりになってくれるよ。二人とも人柄がいいから、上手くやっていけるはずさ。二階は全部、たまおが好きなように使っていい」

たまおは兵衛に向かって深々と頭を下げた。

「おかげさまで、通いやすくなります。本当に、ありがとうございました」

おふさが兵衛に向かって身を乗り出す。

「どうして、わたしには、その話がないんですか？　わたしは、そこに住めないんですか？　さっきの口ぶりじゃ、部屋数はまだあるんですよね？」

兵衛は眉根を寄せた。

「だって、おまえさんは橘屋さんの大事な娘で——」

「それが何だっていうんですか⁉」

おふさは眉を吊り上げ、兵衛に食ってかかる。

「わたしだって、朝日屋に勤める通いの仲居なんですよ。たまおさんと同じなんです。たまおさんが仲居頭だから特別扱いするっていうのでなければ、わたしも一緒にそこへ住まわせてください！」

兵衛は困惑顔で怜治を見た。怜治は、おふさに向き直る。

「いいだろう。ただし、家の者が許せばな」

怜治がちらりと、たまおを見た、たまおは優しく微笑んで、うなずく。

「わたしに異論はありません」

おふさが両の拳を握り固める。

「絶対に、おとっつぁんの許しをもらってみせます！」

ちはるはつくづく感心した。

「初めてうちに来た時は、あんなに嫌々だったのにねえ」

怜治が、ぷっと吹き出した。

「おまえも似たようなもんだったじゃねえか」

ちはるは怜治を睨みつける。

「だって！　柄の悪い雇い主の下で、何をさせられるかわからなかったんだもの！」

怜治は額に手を当て、大げさに顔をしかめた。

「ああ、そうだった――飯盛《めしも》り女にされるんじゃないかと、おまえはおれを疑っていたんだよなぁ」

怜治は遠い目をして、ふっと笑う。

「あの時は、おまえの料理でこんなに助けられるなんて思わなかったぜ」

怜治は真面目な顔になって、まっすぐにちはるを見た。

「来年も、再来年も、その先もずっと、懸命に美味い物を作り続けろよ」

ちはるは表情を引きしめて、素直に「はい」と答えた。

鴨南蛮の余韻が残る中、夜は静かに更け、やがて新年に近づいていく。

第二話　年始のさざ波

暗闇を押しのけるように、力強い曙色が海の向こうからせり上がってくる。

手足や耳が凍える寒さの中で、ちはるはしっかと目を見開いて、荘厳に輝く日輪の光を見つめた。

初日の出――。

周囲から、わあっと歓声が上がる。

深川洲崎《ふかがわすさき》の長い堤防には、今年最初の朝の到来を待ちわびる人々が大勢集まっていた。みな日輪に向かって顔をほころばせている。両手を高く上げて、日輪を拝んでいる者もいた。

ちはるたち朝日屋一同も堤防の上に立ち並び、昇る朝日を全身に浴びる。海風に吹かれても、冷え切った体がわずかに温められていくような心地になった。

日輪から伸びている光はまっすぐに波打ち際まで走り、海の上に曙色の一本道を作り上げている。足を踏み出せば、希望の光源まで辿り着けるような気がした。

今年は絶対いい年にする――。

ちはるは両手を握り合わせて、力強く輝く日輪をじっと見つめ続けていた。

あっという間に水平線を離れて空に昇った日輪が、辺りを明るく照らし出す。

怜治、慎介、たまお、綾人、おふさも、みな何かを決意したような、すがすがしい表情をしている。

空には澄み渡る青が広がり、人々の波も動き出した。堤防の奥にある洲崎弁財天社へ向かう人々と、町のほうへ向かう人々と、それぞれが決めた方向へ分かれていく。

「おれたちも行くか」

怜治が先頭に立ち、日本橋を目指した。富岡八幡宮《とみおかはちまんぐう》のほうへ向かう人々と、永代橋《えいたいばし》へ向かう人々でまた分かれ、混雑がゆるんでいく。永代橋を渡り終えて日本橋へ戻ってくると、行き交う人々はだいぶばらけた。

「おや、朝日屋さん」

浮世小路《うきよしょうじ》の手前で声をかけられた。近所の提灯屋である。一同足を止めて丁寧に一礼した。

「御慶《ぎょけい》申し入れます」

怜治がかしこまって述べると、提灯屋も背筋を正して挨拶を返す。

「みんなそろって初日の出かい」

「ええ。そちらも？」

怜治の問いに、提灯屋がうなずく。

「上野《うえの》で夜通し飲んで、そのまま神田明神《かんだみょうじん》へ行ったんだよ」

江戸で初日の出を拝む場所といえば、見晴らしのよい海である深川洲崎が人気だが、高台にある神田明神などにも人が多く集まっていた。

「朝日屋さんの食事処は、明日から開くんだったね。今年も美味い料理を楽しみにしてるよ」

提灯屋は笑いながら手を振って歩いていく。その後ろ姿に向かって、朝日屋一同は深々と頭を下げた。

ちはるの胸に感慨が押し寄せる。

あたしたちの料理ともてなしを楽しみにしてくれる人がいる――。

去年の今頃は、自分が日本橋で料理を作っているだなんて、夢にも思っていなかった。

朝日屋へ戻ると、孫兵衛が筒美屋から戻ってくる前に、みなで仮寝をした。男衆はそれぞれの部屋へ、たまおとおふさはちはるの部屋で横になる。

洲崎からまっすぐ橘屋へ帰ると思っていたおふさだが、孫兵衛がいつ戻っても応対できるよう、たまおはこのまま朝日屋で過ごすと聞いて、自分も一緒に行くと言い出したのだ。

仕方なく、四畳半に並べたふたつの布団に三人くっついて横になった。

「ちはる、もっとそっちへ行きなさいよ」

真ん中に寝ているちはるの足を、右隣に寝ているおふさが足で押してくる。ちはるはすかさず足で押し返した。

「ちょっと、端っこでおとなしくしていなさいよ。それが嫌なら、夜着にくるまって入れ込み座敷で寝なさい。夜着は一人ずつあるんだから」

おふさが再び足で押してきた。

「嫌よ。板間は背中が痛くなるじゃないの」

ちはるはおふさの足を蹴った。

「あんたが暴れるから、布団と布団をくっつけたところの間が空いて、あたしのお尻が床に落っこちてんのよ！　文句を言うんなら、自分の家に帰りなさいよっ」

ちはるの体の上に、おふさは肘をぐいと載せてくる。

「今年は元旦から慎介さんのお雑煮を食べると決めているのよっ」

ちはるは両手でおふさの肘を押しやった。

「あたしも一緒に作るんだからねっ」

「ちょっと二人とも、いい加減にしなさい」

ちはるの左隣から、地を這うようなたまおの怒り声が聞こえてきた。

「わたしが真ん中になって、二人の口を両手で押さえながら寝ましょうか？　お尻が床に落ちたって、うるさいよりましだわ」

抑えた口調が、たまおの本気を感じさせる。ちはるとおふさは口を閉じた。

やがて両側から小さな寝息が聞こえてくる。両側に感じる温もりで、ちはるのまぶたも下がってくる。

まさか新年早々おふさと一緒に寝ることになるだなんて——。

これも去年は想像がつかなかったと思いながら、ちはるは眠りに落ちていった。


ほのかに漂ってくる出汁の香りで、ちはるは目覚めた。起き上がると、隣のたまおも身を起こす。

「慎介さん、もう調理場にいるみたいね」

「はい」

手早く身支度を整え、曙色の前掛を身に着けると、おふさも目を覚ました。

「先に行ってるわよ」

調理場へ駆け込むと、すでに慎介が雑煮の支度を終えていた。

「おはようございます。すみません」

慎介は笑いながら首を横に振る。

「おれが早過ぎたんだ。年を取ると、早くに目が覚めるっていうが、本当だな。怜治さんと綾人は、まだ下りてこねえぜ」

ちはるは階段に顔を向けた。二階はしんと静まり返っており、人の動く気配は感じられない。

「だけど慎介さん、日の出を見にいって疲れたんじゃありませんか？」

心配するちはるに、慎介は笑みを深めた。

「それがよ、今日は疲れを感じてねえんだ。年甲斐《としがい》もなく、何だかわくわくしちまってよぉ」

慎介は身に着けた曙色の前掛に手を当てた。

「今日の日の出を、おれは死ぬまで忘れねえぜ」

ちはるは真正面から慎介を見上げた。

「今日だけじゃありませんよ。来年の初日の出も、再来年の初日の出も、ずっと一緒に見るんです」

慎介は目を細めてうなずいた。

やがて、たまおとおふさも調理場へ現れる。

「孫兵衛さん、まだお戻りになっていませんよね？」

たまおの問いに、慎介がうなずく。

「筒美屋さんで雑煮を食べてからお戻りになるんじゃねえのか」

慎介はおふさに目を移した。

「おめえは雑煮を食ったら家に戻るんだろう？」

おふさが伺いを立てるように、たまおを見る。たまおは微笑んだ。

「今日は家でゆっくり休んで、明日からまた頑張ってちょうだい」

「でも、藪入《やぶい》りでもないのに――」

「今いるお客さんは孫兵衛さんお一人だから、こっちは大丈夫よ。ご両親としっかり話して、朝日屋の女中部屋に住むお許しをいただいていらっしゃい」

慎介も同意する。

「この裏に住むことになったら、来年は元旦に帰れねえかもしれねえんだ。家族と一緒の正月を、しっかり味わってきな」

おふさは神妙な顔つきになった。

商家などでは、奉公人たちが帰省を許される休みは年二回の藪入り（一月と七月の十六日）と相場が決まっている。おふさの場合は生家が近いし、朝日屋は通いも許されている勤め先なので、会おうと思えばいつでも家族に会えるのだろうが――やはり家を出るとなると、心持ちが違うのだろう。

おふさは慎介とたまおに頭を下げた。

「ありがとうございます。それではお言葉に甘えて、お雑煮をいただいたら家に戻ります」

慎介はうなずくと、ちはるに目を移した。

「おめえは雑煮を食ったら天龍寺へ行って、慈照さまに新年の挨拶をしてこい」

ちはるは目を見開く。

「でも、台所の仕事は——」

慎介は、にやりと笑った。

「お客が一人しかいねえんだ。おれ一人でじゅうぶんだろう」

慎介は優しく目を細めた。

「慈照さまには『玉手箱』や菓子の相談に乗っていただいて、いつも世話になっているだろう。本来であれば、おれも一緒に行って礼を申し上げなきゃならねえところだが、そこはひとつ、これで勘弁していただいて——」

と言いながら慎介が調理場の棚から持ってきたのは、重箱に詰められた日の出大福である。いつ食べるかわからない慈照のために、ひとつは半分に切ってあるが、あとの四つは丸いままだった。

「慎介さん……」

ちはるが眠っている間に用意しておいてくれたのか。

「顔を出して、今年も頑張りますって言って、安心してもらってきな」

ちはるは日の出大福をじっと見つめた。

雪のように白い餅皮と白餡に包まれた、色鮮やかな日輪のような蜜柑は、今朝の初日の出に勝るとも劣らぬ輝きを放っている。

慎介の親心が身に染みた。

「ありがとうございます……」

「おう」

慎介は丁寧に重箱を風呂敷で包んでいく。

「おふさも、橋屋さんに持っていきな」

「はい！　ありがとうございます！」

おふさのはしゃぎ声を聞きながら、ちはるは雑煮の器を用意した。

頬にこぼれ落ちたひと筋の涙を、動きながらそっと指で拭い、器を濡らさぬように気をつける。

怜治と綾人も起きてきて、みなで雑煮を食べたあと、ちはるは天龍寺へ向かった。

両国橋を渡り、一《ひと》ツ目《め》橋を越えると、竪川《たてかわ》沿いの道を避けて菊川町《きくかわちょう》へ――新年早々、憎き久馬の真砂庵《まさごあん》を目にするのはやめておこうと思ったのだ。

両親の墓に手を合わせてから庫裡《くり》のほうへ回れば、客人の物らしき草履があった。

ちはるは落胆する。

どうやら今日は、慈照とゆっくり話すことができないらしい――。

仕方がない、日の出大福を渡して早々に帰ろう、とちはるは声を上げた。

「ごめんください」

すぐに廊下の奥から白檀《びゃくだん》の香りが近づいてきた。かすかに餡の甘い香りも混じっている。

「ちはるではないか」

端整な顔に麗しい笑みを浮かべながら、慈照が歩み寄ってきた。

「御慶申し入れます」

ちはるは深々と頭を下げた。

「朝日屋から、新年のご挨拶の品をお届けに参りました」

「何と、そのようなお気遣いを」

「料理や菓子の相談に乗っていただき、いつもありがとうございますと、慎介さんが――」

慈照は優しく目を細めて、ちはると風呂敷包みを交互に見た。

「さ、早く上がりなさい。すぐに温かいお茶を淹れてあげよう」

「いえ、あたしはここで――」

慈照が顔を曇らせる。

「何か用事を言いつかっておるのか？」

ちはるは首を横に振った。

「では、よいではないか」

「でも、お客さまがいらっしゃるのでは――」

ちはるが草履に目を向けると、慈照は「ああ」と声を上げた。

「たいした客ではないのだよ。もう帰るところだから、遠慮することはない」

「そりゃひでえや、慈照さま」

廊下の奥から男が出てきた。弁慶縞《べんけいじま》の着物をまとい、にやにやした顔でちはるを見ている。何だか柄が悪い――以前、貧乏長屋に押しかけてきた借金取りを思い出して、ちはるは身を強張らせた。

「権八郎《ごんぱちろう》、おまえの厳《いか》めしい顔に、ちはるが怯《おび》えているではないか」

慈照が横目で睨むと、権八郎はおどけたように目を瞬かせた。

「見惚《みと》れているの間違いじゃなくて？」

慈照は苦笑しながら、ゆるりと頭を振る。

「おまえの冗談は、ちっとも面白くないのだよ」

権八郎は大げさに顔をしかめた。

「おれはいつでも本気だぜ」

ちはるのほうへ顔を向けると、にかっと笑った。

「おれは石島町《いしじまちょう》で船宿を営んでいる、権八郎ってもんだ。よろしくな。深川界隈《かいわい》で、石の権八郎の塒《ねぐら》はどこだって聞きゃあ、すぐにわかるぜ」

笑ったとたん、人がよさそうに見えてきた。ちはるも笑みを浮かべて頭を下げる。

「室町三丁目の朝日屋という旅籠の台所で働いている、ちはると申します。石島町にお住まいだから『石の』権八郎さんなんですか？」

「半分は、そうだ」

権八郎は笑みを深めて、ぽんぽんと自分の頭を叩いた。

「おれは石頭だからよ。おれの頭突きを食らって気ぃ失うやつが大勢いるんだ」

ちはるの顔が引きつった。

もう半分は「石頭」の「石」なのか——。

「頭突きってえのはよぉ、頭だけ当てても駄目なんだよ。顎引いて、体ごと、こう——」

慈照が咳払《せきばら》いをする。

「ちはるに教える必要はない。用は済んだのだから、もう帰るがよいぞ」

「いや、もう一杯茶をもらって——」

慈照の眉間にしわが寄る。

「恋女房の、おさわが待っておるのではないかな」

権八郎は笑顔で手を横に振った。

「いや、全然。おれがいると邪魔だって言ってんの、慈照さまも知ってんだろう?」

権八郎は、ちはるに向かって大きく手招きをする。

「さあ、早く上がんな。ちはるちゃんが来てくれねえと、おれは茶のお代わりをもらえねえぜ」

ちはるは慈照を見上げた。慈照が気を取り直したように微笑む。

「権八郎が持ってきてくれた金平糖《こんぺいとう》があるのだよ」

ちはるは思わず、ごくりと喉を鳴らした。

金平糖――ちはるには手の届かない高級な菓子だ。

「おいで」

今度はちはるの返事を待たずに、慈照は踵を返した。権八郎もうなずいて、奥へと入っていく。

高級菓子に釣られたようで少々恥ずかしいが、ちはるは草履を脱いで二人のあとを追った。

慈照が出してくれた金平糖に、ちはるは見入った。青、黄、赤、白、黒の小さな丸い砂糖菓子が、小皿に盛られている。つぶつぶとした突起が寄り集まったような小さな丸は、指でつまめる豆粒大の毬のようだ。

こんなに間近で見るのは初めてである。

「これが金平糖……」

「何で色をつけてあるんでしょうか」

慈照が小首をかしげる。

「聞いた話によると、確か、青は青花——これは、つゆ草の一種であったか——そして黄色はくちなし、赤は紅花から取った形紅、黒は油を燃やした煙から取った灰墨だったのではないかな。白は、砂糖の色そのままであろう？」

ちはるはうなずいた。

「これ全部、白砂糖ってことですよね」

ちはるが金平糖を凝視していると、慈照が皿を持ち上げて、ちはるの顔の前に寄せてきた。

「芥子《けし》の実に、煮詰めた砂糖をかけてあると聞いたよ。五色のことも、菓子の書物に書いてあるそうだ」

享保三年（一七一八）に刊行された『古今名物御前菓子秘伝抄』である。

権八郎が「へえ」と興味なさそうな声を上げる。

「ちはるちゃんは料理人だからともかく、慈照さまも甘い物の話をよく知っておいでだなぁ。おれなんか、食って美味けりゃ何でもいいけどよぉ」

のん気な口調から、金平糖の価値などまるで気に留めていない様子が窺《うかが》える。

ちはるはおずおずと権八郎に話しかけてみた。

「この金平糖は、どちらでお求めになられたんですか？」

「知らねえ」

権八郎は即答する。

「女房の、おさわが買ってきたんだよ。慈照さまんとこに新年の挨拶に行くって言ったら、年末に店が閉まる前に、しっかり用意しておいてくれてよ」

慈照が感じ入ったようにうなずく。

「おさわに、よろしく伝えておくれ。気をつけて帰るのだぞ」

「おう——って、慈照さま、またおれを追い返そうとしてんじゃねえか」

権八郎に睨みつけられた慈照は平然と微笑んだ。

「もうじゅうぶん、もてなしたであろう」

権八郎は、にやにやと目尻を下げた。

「ちはるちゃんに武勇伝を語られちゃ、恥ずかしいんだろう」

慈照は目をすがめる。

「僧であるわたしは武勇などとは無縁なのだよ」

権八郎は「またまたぁ」と笑う。

「慈照さまの冗談は、ちっとも面白くねえんだよ!」

ちはるは慈照と権八郎を交互に見た。

「あの、お二人はずいぶんお親しいんですね。権八郎さんは、天龍寺の檀家さんですか?あたしがお会いしたことは一度もなかったと思うんですけど——」

といっても、施食会《せじきえ》のお振る舞いの手伝いなどに権八郎が来ていなければ、会うはずもないか、とちはるは思い直す。

「おれは檀家じゃねえんだ」

権八郎が事もなげに言った。

「仲間を弔ってもらった縁で、たまに出入りさせてもらうことになってよ」

ちはるは墓の方角へ目を向けた。

「じゃあ、うちの両親と同じ場所に——」

権八郎も墓の方角へ顔を向けて、しみじみと目を細める。

「こっちは無縁塚だけどな」

しばし沈黙が落ちた。火鉢の炭がぱちぱちと燃える小さな音だけが響いている。

権八郎が湯呑茶碗をつかんだ。

「あれから、もう四年になるよなぁ、慈照さま」

慈照は小さくうなずいた。

「まったく、時が経つのは早《はえ》えもんだ」

権八郎は茶を飲むと、はあっと息をついた。慈照も静かに茶を口にする。

ちはるも湯呑茶碗を手にして口に運んだ。手に伝わってくる温もりと、煎茶《せんちゃ》の香りが心地よい。甘さと渋みが絶妙に混ざり合った風味に、ちはるは感嘆の息を漏らした。

「今は船宿の主に収まっちゃいるが、おれは昔、やくざに暮らしててよ。まあ、今も堅気と言えるかどうかわからねえんだが――」

権八郎は湯呑茶碗をもてあそびながら、自嘲の笑みを浮かべた。

「四年前、おれの子分だった若《わけ》えのが、別の一家に刺されて死んだのよ」

権八郎が極道から足を洗うきっかけになった事件だったという。

「手にかけたやつを探し出し、袋叩きにしてよ。あっちの一家も、こっちの一家も、みんな総出の乱闘になった。みんなずたぼろになって、一家はおしまいよ。――まあ、そんなこと今はどうでもいいがな」

権八郎は茶をあおった。

「そん時に死んだ若えのを、おれはきちんと弔ってやりたくてなぁ」

権八郎は再び墓の方角へ顔を向けた。

「先祖代々つき合いのある寺に頼もうかとも思ったんだが、そこの住職は頭が固くていけねえや。血まみれの骸《むくろ》を見たら、お役人に届けると騒ぐに決まってる。寺社方の検使なんか来たら、面倒だからよぉ」

権八郎は目を細めた。その表情からは、深い優しさがにじみ出ているように見える。面倒だから――ではなく、その「若えの」を役人たちに触れさせず、早く安らかに眠らせてやりたかったのではないか、とちはるは察した。

「天龍寺では昔、行き倒れの女を弔ってやったと聞いたことがあってよ」

前住職、慈英《じえい》の頃だろうか。慈英はとても情け深い人で、花を手向《たむ》けてくれる縁者のない死者たちの魂を慰めたいと、四季折々に咲く花木を墓地に植えていた。慈英であれば、行き倒れた者を捨て置くような真似は決してしなかっただろう。

「それで、そいつの骸を舟に乗せて、この寺へ運び込んだのよ。無縁仏として弔ってもらおうと思ってな」

老衰のためこの世を去った慈英に代わり、慈照が天龍寺を預かる身となっていた。

「ちょうど、近所の長屋もんの葬式が始まる前でよ」

先にこちらの仏へ経を上げてくれと、権八郎と子分たちは慈照に迫ったという。

争っていた一家と死闘を繰り広げた権八郎たちも傷を負い、見るも無残な姿になっていたのだ。仲間の埋葬が済んだら、しばらくの間、他人目《ひとめ》を避けて身を隠さねばならない状況だったのである。

「参列者の目につかねえうちに寺を出たかったんだが、慈照さまは『待て』の一点張りでよぉ」

　用意してきた小判を目の前に積み、匕首《あいくち》で脅しても、慈照はまったくひるまなかったと、権八郎は笑いながら語った。

「弔うことを拒まれたわけじゃねえから、金と力を振りかざせば、どうとでもなると思ったんだがなぁ」

　いったいどれだけ積んだのか知らないが、新年の挨拶程度で金平糖を持参するくらいだから、長屋者のお布施とは比べ物にならない額だったのは間違いない。

　慈照は涼しい顔で茶をすすっている。

「物事には順序というものがあるのだよ。権八郎が仲間を思っていたように、あの時の故人を思う者たちも、あそこに集まっていたのだ。その葬儀をおろそかにするような真似は、何人《なんぴと》たりとも許されぬ」

　ぴしゃりと頬を張られたような顔で、権八郎は顔を撫でさすった。

「強面《こわもて》の子分どもがぐるりと取り囲んでも、顔色ひとつ変えなかったもんなぁ」

　けっきょく、慈照を脅し続けるよりも、長屋者の葬儀が終わるのを待ったほうが早いと判断した権八郎は平身低頭で、慈照に謝罪した。

「何ていうか――呑まれちまったんだよなぁ」

　権八郎は笑いながら、慈照を見た。「呑まれちまった」というより「惚れちまった」というほうが、しっくりとくるような笑顔だった。

「それ以来、身寄りのねえ者が死んだ時には、慈照さまに弔いをお願いするようになったんだ」

権八郎は、ちはるに向き直った。

「慈照さまの供養には、心があるからな。慈照さまに経を上げてもらえば、みんな、あの世で安らかに過ごせるんじゃねえかと思ってよ」

ちはるを見つめる権八郎の目は澄んでいて、かつて極道に身を置いていたとは思えないほど優しく見える。

権八郎は目を細めた。

「ここは、おれの生き方が変わった場所なんだ」

感慨深げな声が、ちはるの胸に響いた。

人生の転機というものが、人それぞれにあるのだろう。権八郎にとってその場所は天龍寺で、きっと、ちはるにとっては朝日屋なのだ。

慈照がかすかな吐息を漏らす。

「新たな始まりの場所というわけだな」

ちはるは、はっとした。

十《とお》の時に親を亡くして慈英に育てられた慈照にとっても、やはり天龍寺は「新たな始まりの場所」だったのだ。

　権八郎はうなずいて、ちはると慈照を交互に見やる。

「さて、ちはるちゃんが持ってきた菓子をお披露目してもらうとするか」

　慈照が眉根を寄せた。

「なぜ、そうなるのだね？」

　権八郎は慈照の脇を指差した。茶と金平糖を運んできた盆の下に、慎介が持たせてくれた重箱が置かれている。

「おれを帰してから、ちはるちゃんと二人でゆっくり蓋を開けて中を見ようと思っていたんだろうが、そうは虎の皮ってもんだぜ」

　そうは上手く取ら（虎）れない——物事は簡単にいかないという意味である。

「さあ、早く開けてくんな。朝日屋の慎介さんってえのは、たいそう腕のいい料理人だって聞いたぜ。その重箱の中に何が入っているのか、ええ気になるじゃねえか」

　思案顔になる慈照に、ちはるは笑いかけた。

「朝日屋の日の出大福です」

「ほう」

　慈照が盆の下から重箱を取り出す。膝の前に置くと、居住まいを正して合掌した。

「では」

丁寧に蓋を取りはずすと、慈照は目を見開いた。

「何と美しい——みずみずしい日輪を大福餅の中に閉じ込めたようではないか」

慈照が目を細めてちはるを見る。

「朝日屋では、切った物を客に出すのかな？」

「はい。お召し上がりになる時は、ぜひ、こちらのように半分に切って、小さな日輪のような見た目もお楽しみくださいい」

慈照が大きくうなずく。その途中で、権八郎が畳に手をついて身を乗り出し、重箱の中を覗き込んだ。

「へえっ、こりゃあ確かに綺麗だな。それに美味そうだ。慈照さま、早くくれよ」

慈照は微苦笑を浮かべながら、権八郎の前に重箱を差し出した。さっそく権八郎が、半分に切られた物に手を伸ばす。

「いただくぜ」

ばくっと頰張り、権八郎はくしゃりと破顔した。

「おう——こりゃあ、うめえわ。甘ずっぱい蜜柑に、白餡と餅が絡みついてよぉ」

慈照は重箱を置くと、日の出大福を見つめながら微笑んだ。

「では、わたしもいただくとしよう」

半分に切られた物に手を伸ばして、上品な仕草で頰張った。

「おお、ほどよい甘さだ。いくつでも食べられてしまいそうではないか」

心底から嬉しそうな慈照の表情に、ちはるは満面の笑みを浮かべた。

喜んで食べてくれる人の顔を見ると、たまらなく嬉しくなる。

あっという間に日の出大福を食べ終え、慈照は金平糖の皿をちはるの前に差し出した。

「お食べ」

いいのだろうかと、思わず権八郎を見れば、うんうんと笑顔でうなずいている。

「食べな、食べな。遠慮はいらねえぜ。おれも、ちはるちゃんが持ってきた日の出大福をいただいたんだからよぉ」

「はい——ありがとうございます」

五色の金平糖を前に、ちはるは居住まいを正した。

いざ手を出そうとすると、どの色にしようか迷ってしまう。正月のめでたさで選ぶなら、赤か白——だが、青と黄色も気になる。しかし気になるといえば、黒だって——色づけに使った灰墨などが砂糖の甘さをそこねていることはないのだろうか——。

権八郎が「がはは」と豪快な笑い声を上げる。

「何だよ、色で迷ってんのか？　がばっと全部取っちまえばいいんだよ」

ちはるは首を横に振った。

「いや、さすがにそれは——この小さなひと粒に、いったいどれだけ手間がかけられているのかと想像すれば、もったいなくて、とても――」

ひと粒いくらなのかも気になって、よりいっそう躊躇してしまう。

慈照がおもむろに金平糖をひと粒つまみ上げた。白い金平糖だ。優雅な手つきで、ちはるの口元に運んでくる。

「お食べ」

ぐいと唇に押し当てられて、ちはるは思わず口を開いてしまった。その隙間から、ぽいと金平糖を放り込まれる。

「んっ――」

甘い。

ちはるは舌を動かした。小さな砂糖の塊が舌の上を転がって、口の中に甘さをまき散らす。じゅわりと唾が溢れた。

いったいどれくらいの硬さだろうかと、金平糖に歯を当てれば、驚くほど簡単に崩れてしまった。

ああ――ちはるは胸の内で悲嘆の声を上げる。

もったいない。歯を立てるのではなかった。ただでさえ小さな金平糖が、ちはるの口の中で砕け散り、唾と一緒に喉の奥へ流れていってしまう。あっという間に跡形もなく消えてしまった。

権八郎が、ぷっと吹き出す。

「ちはるちゃん、百眼《ひゃくまなこ》（百面相）みてえな顔になってるぞ」

慈照も面白いものを見ているような表情で、ちはるをじっと見ている。

ちはるは顔を引きしめた。

「すみません。初めて食べる金平糖を、じっくり味わおうとしたら――」

慈照が金平糖をもうひとつ、ちはるの口の中に押し込んだ。ぽろりと口からこぼれ落ちないように、ちはるは慌てて唇を引き結ぶ。

慈照は目を細めて、ちはるの前に金平糖の皿を置いた。

「もっとお食べ」

権八郎も笑顔で促してくる。

まるで幼子をあやすような二人の眼差しに、ちはるはくすぐったくなった。

白い障子越しに差してくる柔らかな光が、さらさらとした白砂糖を思い起こさせる。何て贅沢《ぜいたく》なひと時だろうか、とちはるは思った。


ちはるが暇乞いをすると、権八郎も帰ると言って、一緒に天龍寺を出た。

「ちはるちゃん、送っていこうか」

山門の前で気遣ってくれた権八郎に、ちはるは笑顔で首を横に振った。

「昼間なので、大丈夫ですよ。それに石島町は、ここから大横川《おおよこがわ》沿いをまっすぐ南へ向かいますよね？」

両国橋を越えていく朝日屋とは方角が違う。

「だが、葺屋町の辺りが最近、物騒になってんだろう」

「あ、はい」

朝日屋の近くだから、心配してくれているのか。

盗人たちを詩門が斬り捨てたという話を、権八郎にしてよいものだろうか、とちはるは迷う。ひょっとしたら、怜治が聞き込んできた話の中に、まだお調べの済んでいないことが含まれているかもしれない――。

「まあ、朝日屋の旦那が元火盗改だってことは知られているからな。葺屋町の騒動が、室町のほうまで飛び火する恐れはそうそうねえか」

権八郎は納得したようにうなずいた。

「けど、油断するなよ。一人歩きには特に気をつけな。たとえ昼間でもな」

「はい、わかりました」

権八郎は満足げに目を細めた。

「じゃあな」

右手を上げて去りかけた権八郎が足を止めて、ちはるを振り返る。

「何もねえとは思うが、もし万が一にも何かあったら、この石の権八郎を頼ってくれ。きっと力になるからよ」

「ありがとうございます」

にっと口角を上げて、権八郎は去っていった。

ちはるも朝日屋へ戻るべく、歩き出す。

穏やかな新春の日差しが、行く手を明るく照らしていた。


勝手口から入ると、入れ込み座敷のほうから話し声が聞こえてきた。

「――ほんで、夜通し若旦さんと飲みましてな、布団に転がろ思たら、もう昼ですわ。雑煮を一杯食べるんがやっとで、節料理には手ぇ出せまへんでしたわ。ああ、せやせや、江戸の雑煮は丸餅やのうて角餅なんですねえ」

孫兵衛の上機嫌な声だ。

「いやぁ、年には勝たれへん。若い衆は、初日の出を見にいったけどなぁ。わては無理ですわ」

「おれは行きましたよ」

と得意げな声を上げたのは、慎介である。

「海から昇ってくる初日の出は最高でした」

「ほんまでっか。慎介はん、まだまだ若いなぁ」

入れ込み座敷に顔を出すと、慎介、怜治、たまお、綾人の四人が、孫兵衛とともに節料理を囲んでいた。

「ただ今戻りました」

頭を下げると、孫兵衛が手招きをする。

「ちはるさんも一杯どないでっか？」

朝日屋の四人は、ぎょっとした顔になる。怜治が素早く、ちろりを自分の膝元に寄せた。

「孫兵衛さん、ちはるに酒は駄目なんだ」

「おや、ちはるさんは下戸《げこ》でおますのか」

首を横に振ろうとすれば、怜治が大声で「そう、そう！」と答える。ちはるが眉間にしわを寄せると、たまおが立ち上がった。

「わたしたちはお茶にしましょう。今、ちはるちゃんの分も淹れるわ」

ちはるが答える前に、たまおは調理場へ向かった。まあいいかと思いながら、ちはるは入れ込み座敷へ上がる。

孫兵衛が重箱の中の蒲鉾を指差した。

「この白板の花は、ちはるさんが作ったんやってねえ。めでとうて、たいそう可愛《かい》らしなあ」

四角に切った蒲鉾の表面に縦横の細かい切れ目を入れて、菊の花に見立てたのである。梅びしおを載せて花芯とし、正月らしく紅白の花にした。

天龍寺へ行く前に用意しておいた物を、慎介が重箱の中に入れてくれたのだ。

ちはるは首をかしげる。

「大坂では、蒲鉾のことを白板と呼ぶんですか？」

「蒸しただけの物は、白板やね。大坂で蒲鉾と呼んどるのは、蒸して焼いた物やで」

孫兵衛の説明に、朝日屋一同は「へえ」と声を上げる。

怜治が慎介に向き直った。

「江戸で売られているのは全部、蒸した物だよな？」

慎介はうなずく。

「板つき蒲鉾の始まりは、もともと焼かれていたようですがね」

「ふうん」

怜治は重箱の中から蒲鉾をひとつ箸でつまみ上げた。こちらは菊の花ではなく、竹の形である。厚めに切った蒲鉾の先を鋭く尖《とが》るように仕立て、門松の竹に見立てた。慎介はこれを笹の葉の上に載せてくれていた。

孫兵衛がちはるに笑いかける。

「味はもちろんのこと、見た目でも楽しめて、ええなあ。わて、呉服屋ですやろ、縁起柄に関わる物には特に目ぇがいきますんや」

ちはるは一礼した。

「ありがとうございます。安針町の蒲鉾職人さんに教えてもらったんです」

孫兵衛は鷹揚にうなずいた。

「仕入れ先と懇意にするのはええことです。職人とのつき合いから、いろんなことを学べるやろう。ほんで古きよき慣習の中に、ちはるさんの持つ若々しさや優しさを取り入れていったらええと思いまっせ」

孫兵衛は自分の取り皿を手にして、そこに盛りつけられている節料理を見つめた。

「節料理にも、昔から伝わる意味があるんや」

数の子は、ひと腹に何万もの卵があることから子孫繁栄——黒豆は、「まめ」という言葉に健康という意味もあることから無病息災——田作りは、使われている片口鰯《かたくちいわし》の稚魚が田んぼの肥料になることから豊作——叩き牛蒡は、牛蒡の根が地中深く伸びていくことから家の根本が堅固になるようにという願いが込められている。

孫兵衛は手にしていた節料理の皿を、日の出大福が入っている重箱の前に置いた。

「伝統を大事にしながら、新しい料理を作り出したってや」

「はい」

ちはるは居住まいを正して、再び一礼した。

伝統と、新しさと、自分らしさ――そのすべてが詰まった一品を、いつか作り出せるだろうか。

まだ見ぬ世界へ到達する道筋を模索しなければならぬ、とちはるは決意した。


正月二日には、日本橋に建ち並ぶ店も初売りを行い、初荷を積んだ大八車《だいはちぐるま》が通りを行き交った。獅子舞とお囃子《はやし》が朝日屋の前を練り歩き、凧《たこ》を手にした子供たちがはしゃぎ声を上げながら駆けてゆく。

「賑やかなこったなぁ」

怜治が戸口に立って、表を眺めた。

「おう、宝船を売る声も聞こえるじゃねえか」

宝船とは、元日または二日の夜に縁起のよい初夢を見るために、枕の下に入れる絵のことである。七福神を乗せた船が描かれているので「宝船」と呼ばれる。

二階から下りてきた孫兵衛が、怜治の隣に並んだ。

「怜治さん、ところで、宝船の用意はしてはりまっか」

「いや」

即答した怜治に、孫兵衛は顔をしかめた。

「そらあきまへんわ。商売しとるんやさかい、縁起物は大事にせな」

孫兵衛は敷居をまたいで表へ出た。

「ほな、わてが買《こ》うてきまっさかい、待っといてや」

「いや、いいって——」

「すぐ戻りまっせ！」

引き止めようとする怜治の声など耳に入っていない様子で、孫兵衛は駆けていった。怜治は呆《あき》れたように苦笑する。

「まったく元気な爺だぜ」

ちはると慎介も調理場で手を動かしながら、くすりと笑った。

通りから聞こえてくる獅子舞のお囃子などが気にならないわけではないが、手を止めて観にいく暇がない。本日より朝日屋の食事処も客を迎えるため、ちはると慎介は早朝から大忙しだった。

混雑した魚河岸で人波をかき分けながら鉄太の店へ辿り着き、立派な鯛や海老を仕入れた。やっちゃ場へも行き、くわい、小松菜、椎茸《しいたけ》などの蔬菜《そさい》を仕入れた。

今はせっせと、くわいの下ごしらえをしている。茎を残して皮をむき、水にさらす。出汁とともに大鍋に入れ、みりんと酒と醬油で味をつけて煮るのだ。

今年最初の夕膳は、鯛の刺身、くわいの煮物、鮪の叩きの椎茸詰め、蓮根の海老挟み焼き、塩引き鮭の炊き込み飯、あさりと小松菜の吸い物——食後の菓子は、日の出大福である。

羽織袴で年始回りをしている近隣の旦那衆が時折顔を出し、怜治に声をかけていく。たまおとおふさが屠蘇《とそ》と節料理を運んでいき、入れ込み座敷は一時、近隣の旦那衆の休み処のようになった。

くわいの下ごしらえが終わったところで、慎介は入れ込み座敷へ顔を向けると、感慨深げな表情で目を細めた。

「去年の夏には考えられなかったことだな」

ちはるはうなずいた。

「これからも、いいほうへ、いいほうへと変わっていきますよね」

「ああ、きっとな」

やがて夜がきて、綾人が表の掛行燈に火を灯すと、食事処が開くのを待っていた客たちが入ってきた。やはり三が日の間は家で過ごす者が多いのか、いつもよりは空《す》いているが、それでもほぼ満席だ。

ちはると慎介は心を込めて料理を盛りつけ、たまおとおふさが慎重に客席へ運んでいく。笑いさざめく客たちの声を聞きながら、綾人と怜治も入れ込み座敷に目を配る。

こうして日々は過ぎていくのだと、誰もが思っていたはずだ。

半鐘の音が聞こえてきたのは、翌正月三日の夜が更け四日になってからだった。表で響く大声と、入れ込み座敷のほうで上がった物音に、ちはるは布団を抜け出した。

暗がりの中、手早く身支度を整えて、入れ込み座敷へ向かう。

手燭を持った怜治が辺りを照らしていた。慎介、綾人、孫兵衛も、入れ込み座敷に集まっている。

「火事――ですか?」

ちはるの問いに、怜治がうなずいた。

だが隣近所が燃えているような気配はない。

「大事な物だけ風呂敷で包んで、肌身離さず背負っておけ」

怜治の冷静な声が響いた。

「だが、表へは出るなよ。心張棒《しんばりぼう》も絶対にはずすな。騒動にまぎれて押し込みを働く輩《やから》が出ねえとも限らねえからな」

先ほど怜治が勝手口から外へ出て、様子を確かめてきたところによると、燃えているのは魚河岸の向こう側――芝居町《しばいまち》のほうだという。

芝居町といえば、先日詩門が負傷した葺屋町と、その隣にある堺町《さかいちょう》のことを指す。葺屋町には江戸三座の市村座《いちむら》が、堺町には同じく江戸三座の中村座《なかむら》があり、芝居茶屋を始めとしたさまざまな店が数多く建ち並んでいた。

「火は、東萬河岸《ひがしよろずがし》の向こう側へ広がっている」

薄暗い入れ込み座敷に怜治の声が響いた。

「風向きからすれば、室町が燃えることはねえだろうが――」

慎介がうなずく。

「風は、いつ向きを変えるかわからねえ。用心に越したことはありませんね」

「ああ」

怜治は孫兵衛を見た。

「火事場から逃げてくる者たちが、こっちのほうへ押し寄せるかもしれねえ。辺りが落ち着くまで、筒美屋さんへは行かず、おれたちと一緒にいてくれ」

孫兵衛は緊張の面持ちで了承した。

「人波に呑まれたら大変やからな」

怜治はうなずいて、ちはるに目を移した。

「もし逃げる羽目になって、はぐれたら、天龍寺で落ち合うことにする。火が大川を越えることは、まずねえだろうからな」

「はい」

それぞれが荷物を背負い、入れ込み座敷で車座になった。

手燭の明りだけを灯して、まんじりともせずに夜を明かす。その途中、朝日屋の前を駆けていく人々の足音や泣き声が聞こえてきたが、みなじっと黙って座っていた。

体の芯まで寒さが入り込み、手足の先まで冷え切ってしまっているが、火鉢をつけることは、はばかられた。風呂敷包みの中に入れた曙色の前掛を頭に思い浮かべて、温かくなったつもりになろうと努めるが、かじかんだ指先は凍えそうなままだ。

子供の泣き声が聞こえてくれば「行く当てがないのなら朝日屋へどうぞ」と言いたくなるが、もし逃げ惑う人々が一気に雪崩《なだ》れ込んできたらと思うと、怖くて戸を開けられない。怜治の言いつけ通り、今は心張棒をはずすわけにはいかないのだと、ちはるは自分に言い聞かせた。

暗い中ずっと座っていると、去年の如月《きさらぎ》(二月)に夕凪亭を追い出された日のことが、ちはるの頭によみがえってくる。

あの時も寒かった――。

雨の日に、着の身着のままで店から引きずり出され、濡れた道の上に放り出されたのだ。身を寄せる場所を探して町内を歩き回り、天龍寺を頼ろうかと菊川町へ足を向けかけた時、見かねた父の知人が「空いている長屋を知っている」と声をかけてくれた。

目を閉じると、通りを駆けていく人々の足音があの時の雨音に重なった。

ちはるは目を開けて、車座の真ん中に置かれた手燭の火を見つめた。

今、雨は降っていない。この夜も、そのうち明ける。

揺れる炎をじっと見つめ続けているうちに、ちはるのまぶたが再び下がってくる。

いつの間にか、座ったままうつらうつらして、気がつけば、朝日屋の周りは静まり返っていた。

手燭の火は消えている。それでも辺りがうっすらと見えた。

勝手口のほうから光が差し込んでいる。顔を向けると、怜治が勝手口から出ていくところだった。戸の隙間から見える外は、もうすっかり明るくなっている。

ちはるは腰を浮かせた。

「怜治さん、いったいどこへ――」

「周りの様子を見てきてくれるんだ」

慎介が、ちはるの手を引いた。

「怜治さんが戻るまで、まだじっとしていなきゃならねえ。雨戸を開けるのも、怜治さんが戻ってからだ」

慎介に促されるまま、ちはるは座り直した。

しばらくして戻ってきた怜治は焦げくさいにおいをまとっていた。

「火が出たのは、葺屋町だった。丑《うし》の刻（午前一～三時頃）だったらしい」

見知った火消しがいたので、話を聞くことができたのだという。

「堺町、芳町《よしちょう》、人形町《にんぎょうちょう》、それから元大坂町《もとおおさかちょう》と甚左衛門町《じんざえもんちょう》のほうも焼けたってよ」

慎介が、ほうっと息をつく。

「それじゃ、魚河岸のほうまで火は回っていねえんですね？」

怜治がうなずいた。

「藤次郎《とうじろう》も様子を見にきていてよ。魚河岸の連中に声をかけて、炊き出しをすると言っていたぜ。寒いから、汁物を作るってよ」

魚がふんだんに使われた熱い汁をすすれば、きっと焼け出された人々の心身も温まるだろう。

慎介が怜治の真正面に立った。

「うちも何かできませんかね」

「握り飯を作って運ぶ」

帰る道すがら、町内の旦那衆にも声をかけてきたという。

「助力できる飯屋でおのおの握り飯を作り、荷車でまとめて運んでいくんだ」

今日の食事処は休みにして、客に出すつもりだった米を炊くことになった。

風呂敷で背負っていた荷物をほどき、慎介から預かっていた料理書を返すと、緑陰白花の描いた似顔絵を自室に置いた。曙色の前掛を身に着け、急いで調理場へ向かう。

ちはると慎介は米を炊き、次々と飯を握っていった。火事を知って恐る恐る室町へ通ってきたという、たまおとおふさも加わって、四人で握り飯を作る。

　怜治と綾人は荷車の手配を確かめにいったが、そちらのほうは駕籠《かご》かきや車力《しゃりき》が受け持ってくれるというので、すぐに戻ってきた。

「おれたちも握り飯を作るとするか」

「はい」

　怜治と綾人がたすきをしめていると、客室へ引っ込んでいた孫兵衛が二階から下りてきた。

「綾人はん、絵図を描いてくれまへんか」

　怜治が眉間にしわを寄せる。

「悪いが、今は江戸見物の手伝いなんてできねぇ」

「こないな時に見物やなんてしますかいな！」

　孫兵衛が怜治の言葉をさえぎった。

「火事で家族とはぐれた人らが、ぎょうさんいてはりますやろ。絵図に自分の居場所書いてもろて、それを筒美屋に置いときますんや。ほんで人捜ししとる人がおったら、筒美屋に行けばわかるかもしれへんでぇ言うて触れて回ればええ」

　怜治は目を瞬かせた。

「芝口河岸《しばぐちがし》にも、掛札場《かけふだば》があるが――」

迷子や行き倒れの特徴を記した立札が立てられる場所である。

孫兵衛は首を横に振りながら胸をそらした。

「そっちより、筒美屋のほうが火事場に近いやろう。力になれることはあると思いまっせ」

怜治はうなずいて、綾人に目を移した。

「孫兵衛さんと一緒に絵図を作ってくれ。兵衛のところへ走り、他に助力してくれる店がありそうなら話をつけて、そこも描き入れろ。炊き出しの時に配る」

「はい」

綾人は孫兵衛に向き直った。

「それでは客室でお待ちになっていてください」

「いや、わても一緒に行きまっせ」

綾人を追い立てるようにして、孫兵衛は表へ駆け出していった。

ちはるたちは握り飯を作り続ける。そこへ加わった怜治に、慎介が手を動かしながらちらりと目を向けた。

「そういや、茶々丸さんの長屋はどうなったんでしょうか」

おかげ犬と一緒に旅立った戯作者の住まいも、葺屋町だったのである。

「確かめてきたが、無事だった」

怜治も手を止めずに答える。

「同じ長屋の者の話じゃ、書きかけの戯作や貴重な書物は全部、版元に預けていったらしいがな」

大事な物は信頼できる者か版元に預けていくよう、怜治が勧めていたのである。

「そいつはよかった。ですが、伊勢へ行っている間に町が燃えていたなんて知ったら、さぞ驚かれるでしょうねえ」

慎介の言葉に怜治はうなずく。

「あいつがいたら、話の種にするんだと、火事場の野次馬になっていたかもしれねえなあ」

慎介は苦笑する。

「ありえそうで怖いですね」

おふさが小首をかしげた。

「湧泉堂も葺屋町ですけど、いったいどうなったんでしょうか」

「あの薬屋は丸焼けになったって話だ」

怜治の即答に、場が静まり返った。

「奉公人たちは逃げおおせたようだが、主と番頭の行方《ゆくえ》がわからねえらしい」

みなのため息が重なり合った。

「まあ、ここでぐだぐだ考えていても仕方ねえやな。町の衆と力を合わせて、うちが今できることをするしかねえ」

怜治の言葉に、慎介がうなずく。

「うちも商売をしなくちゃならねえから、明日からはまた食事処を開けるとして——握り飯の用意もしておきましょうかね」

「そうだな。あとで炊き出しの様子を確かめておくぜ」

「お願いします」

怜治と慎介のやり取りを耳にしながら、ちはるはせっせと手を動かした。

年明け早々不運に見舞われた人々が一日も早くもとの暮らしを取り戻せるよう祈りながら、握り飯を作り続けるしかない。


火事の害を受けなかった室町では、普段と変わらない日々が過ぎていった。

邪気払いに小豆を食べ、七日の朝には無病息災を願う七草粥《がゆ》を食べる。

そして数日経つと、待ち人が朝日屋の暖簾をくぐってきた。

「お久しぶりです、怜治さん」

土間に踏み入ってきた詩門を見て、怜治は喜色をあらわにした。

「何だよ、おまえ——『お久しぶりです』じゃねえだろうが」

怜治は満面の笑みを浮かべながら、入れ込み座敷へと詩門を促した。詩門の草履を下足棚にしまった綾人も顔をほころばせている。

たまおとおふさは泊まり客が旅立ったあとの客室を掃除しているので、ちはるが茶を淹れて運んだ。

「どうぞ」

詩門が鷹揚にうなずく。ちらりと顔を見れば、とても元気そうに見えた。深手を負って寝込んでいたというのが信じられないくらいだ。

調理場へ戻り、ちはるが入れ込み座敷に向き直ると、詩門はさっそく茶を飲んで美味そうに目を細めていた。

「もう歩き回っていいのか」

怜治の問いに、詩門は自嘲めいた笑みを浮かべた。湯吞茶碗を置くと、右手を左の脇腹に当てる。

「まだ少し痛みますが、動かなければ体が鈍《なま》ってしまいます」

怜治は目をすがめて、詩門の体を眺め回した。

「魚河岸の若えのが、戸板で運ばれていくおまえが血を流しているのを見たと言っていたが、刺されたのは脇腹だったのか。臓腑は無事か？」

詩門がうなずく。

「肩も少しやられましたので、その血が腕のほうに流れていたのかもしれませんね。刺し傷はたいしたことありませんでしたが、揉み合った際、板塀に頭を打ちつけてしまったので、医者に安静を命じられていました」

怜治は、ほうっと大きく安堵の息をついた。

「驚かせるんじゃねえよ、まったく」

「すみませんでした」

詩門は殊勝な顔で頭を下げてから続ける。

「清吉は、やはり火盗改に恨みを抱いていました」

下足棚の前に立っていた綾人が、びくりと肩を震わせた。怜治は綾人をちらりと見てから、話の先を促す。

「あの夜、清吉はわたしに恨み言をすべてぶちまけてから死にました。生まれてからずっと、いいことなんて何もなかったと嘆いておりましたよ」

火盗改がつかんでいた証拠《ねた》と清吉の話を合わせて、詩門は語り始めた。

清吉は十歳まで、両親とともに葺屋町で暮らしていた。しかし葺屋町を巻き込む大きな火事が起こり、両親を亡くしてしまった。それ以来、兄の又蔵と二人で生きてきたという。

「清吉は生まれつき体が弱くて、両親が亡くなったあとも奉公には出られなかったそうです。その辺りの事情は、怜治さんも又蔵から多少聞いていますよね」

怜治が無言でうなずいた。詩門は淡々と話を続ける。

年の離れた兄だった又蔵は、その時すでに二十五――錠前師として腕を磨き、親方の下で働いていた。いずれ親方の娘と一緒になって跡を継ぐという話もあったが、火事で両親を失い、清吉を引き取ることになって潮目が変わった。

寝たり起きたりの弟を一生抱えることになるかもしれない又蔵を見て、親方も娘も尻込みしてしまったそうだ。

「けっきょく兄弟子が、親方の娘婿になりました」

住み込みだった又蔵は親方の家を出て、長屋暮らしとなった。このまま兄弟子と同じ場所にいるのはつらかろうと気を回されて、別の親方のもとへ移ることにもなった。

「体《てい》のいい厄介払いですよ」

病身の弟は金がかかった。滋養のつく物を食べさせ、鍼《はり》や灸《きゅう》を受けさせ、小児医者にも診《み》てもらった。

弟の体を丈夫にするため、稼ぎは消えていく。

「清吉の前では『気にするな』と笑い、陰で愚痴をこぼしていたそうです」

珍しく酔った又蔵が仕事仲間に連れられて帰ってきた夜、戸の外で又蔵が嘆いているのを、清吉は布団の中で聞いていたのだ。

――何の因果で、こんな目に遭うんだ。どんなに懸命に働いたって、おれはどんどん貧乏になっていく。何ひとつ報われることはねえ。真面目に生きていくのが馬鹿らしくなっちまった――。

又蔵が戸を開けて入ってきた時、清吉は寝たふりをすることしかできなかった。自分は兄を不幸にする疫病神なのか、と病弱なおのれを呪った。

――おれだって、好きでこんな体に生まれてきたわけじゃないのに――。

他の植物に寄生しなければ生きてゆけぬ宿り木のように、自分は兄の人生を吸って生きるしかないのか、と清吉は嘆いた。又蔵が悪の道へ転がり落ちた時は絶望して、自死も考えた。だが、けっきょくは、のうのうと生き続けてしまったのだ、と清吉は虫の息で詩門に語った。

「又蔵は最初、盗人一味に加わったことを清吉に隠していたそうです」

清吉が聞いた又蔵の愚痴は、あの夜の一度だけ――。

その後、又蔵に繋《つな》ぎをつけるため盗人仲間が長屋を訪れた際に、清吉は兄が一味の中で錠前破りを担っていると知ってしまったのである。

「ひとつ屋根の下に暮らしていながら、又蔵の背中に彫られた入れ墨にも気づけなかったと、清吉は涙しておりました」

怜治は眉間のしわを深める。

「それなのに、自分も盗人稼業に足を踏み入れたっていうのか」

「それだからこそ――ではありませんか」

詩門は訳知り顔で怜治を見やる。

「背中に鬼の彫り物があるので、あだ名に『鬼』とつけられた又蔵ですが、情に厚いところがあったので、仲間内では『仏《ほとけ》の又蔵』と呼ぶ者もおりましたね？」

以前あなたが話していたことですよと突きつけるような目で、詩門は怜治を見つめ続けた。

「清吉に足を引っ張られ、不平不満を抱きながらも、又蔵は決して清吉を見捨てなかった」

詩門の言葉に、怜治は大きくうなずく。

「おれが又蔵から話を聞いた時も『何だかんだ言ったって、大きくなるにつれて清吉が次第に丈夫になっていったのが嬉しくて』と優しい顔で語っていたんだ。ひと回り以上年の離れた弟だったから、一緒に暮らしていくうちに、だんだん親のような心境になっていったんだろうぜ」

詩門は物憂げに目を伏せた。

「親子兄弟というものは、なかなかわずらわしいものです。いたほうがいいのか、いないほうがいいのか、わからなくなることが多々ある。――清吉と又蔵の間も、一筋縄ではいかなかったんじゃありませんか」

兄の人生を犠牲にして、丈夫な体を手に入れても、清吉に仕事はなかった。同じ年頃の者たちが手習い所へ通ったり、奉公に出たりしている間、清吉はずっと寝ていたのだ。どんなに事情を訴えても、読み書きを教えるところから仕込んでくれる勤め先は見つからなかった。荷運びなどの力仕事ができるほど鍛えてもいない。

金がないのはみじめなものだと、清吉は詩門に恨み言をこぼしたという。

――兄貴の足手まといにはなりたくないのに、けっきょく、兄貴が手を汚してつかんだ金で生きていくしかなかったんだ――。

「捨て鉢になった清吉は、自らも悪に染まって生きていくしかなかったんでしょう。怜治さんだって、金や身内の苦悩から落ちていく者たちの姿を、昔散々見ましたよね?」

詩門の言葉に、怜治は瞑目《めいもく》してうなずいた。

「そうだな……おまえの言う通りだ」

怜治は瞑目したまま指で顎を撫でた。

「だが、よりによって葺屋町で死ぬとはな」

怜治は目を開けて、じっと詩門を見た。

「清吉が葺屋町で盗みを働いたのはなぜだ。昔住んでいた場所だから、勝手がわかると思ったのか？　しばらく江戸を離れていたんだから、町の様子だって多少は変わっていただろう」

詩門は諭すような目で怜治を見つめ返す。

「又蔵の一件から、ほとぼりが冷めたと思って江戸へ舞い戻り、最初に思い出したのが葺屋町だったんでしょう。同じ一味に属していなくても、兄弟であれば、とばっちりを受けると思って江戸を離れていたんでしょうからね。昔を思い出すことは多かったんじゃありませんか」

怜治は目をすがめる。

「だが、それにしたって――」

「どうせもとに戻らぬのなら、すべて壊してしまえという心境だったのかもしれませんよ」

怜治の言葉をさえぎった詩門の声が入れ込み座敷に凛《りん》と響いた。

「恨みつらみを抱えた悪人どもは、壊すことをためらわない。復讐心を糧にして、悪事をくり返していくんです」

ちはるの頭の中で、緋色の暖簾がひるがえる。

夕凪亭を乗っ取ったあとで、憎き久馬が掲げた真砂庵の暖簾を、引きずり下ろしてやりたいという衝動《しょうどう》に駆られたことがあった。

あの建物を壊しても、両親が大事にしていた店は戻らない。だが、それでも――いや、それだからこそ、あの場に久馬の店があることが許せないという気持ちが、ちはるの中にあるのではないか。

それは詩門が今言った「すべて壊してしまえ」という心境と同じなのだろうか。

ちはるは鼻から大きく息を吸って、調理場に漂う出汁のにおいを胸いっぱいに吸い込んだ。

違う――悪人なんかと同じ気持ちじゃない――。

だが、そう思う一方で、どこが違うのだという不安に駆られる。

もちろん、ちはるは、罪を犯そうなどとは思わない。人を傷つけることはいけないと思っている。

けれど、二度と戻らぬ過去を振り返った時に、綺麗事だけを言っていられる自信もない。

ふと、火盗改の秋津の声が耳によみがえった。

――世の中に溢れているのは善だけじゃない――。

ちはるは胸の前で拳を握り固める。

ああ、そうだ、自分の中にも、善じゃない心がきっとあるのだろう。

もう一度大きく息を吸い込んで、ちはるは調理場のにおいで体を満たそうと努めた。

鰹《かつお》出汁、醬油、味噌、みりん――。

美味しい物で心身が満たされる時、人は救われるのではなかろうか。

客に満足してもらえる料理を作り続けることができたその先に、ちはる自身の希望の光がきっとあるのだ。

客のためは、自分のため――。

美味しい物は、巡り巡って、料理に関わる者すべてに幸せをもたらしてくれる。

いや、もたらしてくれる料理を作るのだ、とちはるは強く思った。

「ですが、悪党のことを考えるのは、もうこちらにお任せください」

毅然と言い放ってから、詩門は表情をやわらげた。

「怜治さんは、もう火盗改ではないんですからね」

「おう――わかってるぜ」

怜治は気を取り直したように口角を上げた。

「だけど柿崎さまは、本当に頼りにしていいお方なんですかねえ？」

からかうように詩門の顔を覗き込んで、怜治は詩門の肩と脇腹を指差した。

「おまえは昔から、少しばかり斬り捨てが多いんだよ」

詩門は殊勝な顔でうなずいた。

「それは不徳の致すところです。今回も生け捕りにしようと努めたんですが、命懸けの二人を相手に、一人で立ち回ったもので――」

湧泉堂の中に賊をおびき寄せるため、火盗改たちはあえて別々の場所に散ってひそみながら待ち構えていたのだという。

口をつぐんでしまった詩門に、怜治は真面目な顔になって笑いかける。

「まあ、そうだよな。殺しても構わねえと思って刀を振るっていりゃ、清吉が死ぬ前にそれだけべらべらと恨み言を吐けることもなかっただろうからよ」

「今後はしっかりと生け捕れるよう、精進《しょうじん》します」

怜治はいたわるような目で詩門を見つめた。

「いろいろ言っちまったが、悪党よりも、おまえの命のほうが大事だ。それだけは忘れるな」

「はい」

詩門は顎を引いて、居住まいを正した。

「ですが、これで、綾人の前につらい過去が顔を出すこともなくなったでしょう」

綾人に顔を向けて、詩門は微笑んだ。

「やっと終わったな」

綾人は深々と頭を下げた。

「柿崎さま、本当にありがとうございます……」

綾人の声は、わずかに震えていた。

無理もない、とちはるは思った。

初めて会った時の、綾人の女形姿を思い出す。押し込み事件がなければ、綾人は「文《ぶん》吉《きち》」のまま大店の奉公人として生きており、座元に折檻《せっかん》されることもなかったのだ。

しんみりとした場を一転させるように、怜治が「おうっ」と明るい声を上げて調理場へ顔を向けた。

「慎介、日の出大福をすぐに用意できるか？　詩門に食わせてやってくれよ」

「はい、ただ今」

慎介とちはるは、すぐ支度に取りかかる。

「日の出大福とは何ですか？　新しい菓子ですか」

「おうよ。めでてえ菓子だから、楽しみに待ってな」

怜治と詩門のなごやかな声を聞きながら、ちはるは蜜柑の皮をむき、丁寧に筋を取った。

甘ずっぱいさわやかな香りが、またひとつ調理場に加わった。


そして藪入りの日——たまおとおふさが朝日屋のすぐ裏に越してきた。

荷物を運び込み、少し落ち着いた頃合いを見計らって、ちはるたちは様子を見にいった。

ちはると慎介が用意した鍋料理を、綾人が運んでくれる。

店で出す鍋物といえば、普通は一人分の小鍋立てだが、今回はみんなで取り分けて食べてもらえるよう、大きめの土鍋に仕込んである。

蒲鉾、ちくわ、はんぺん、大根、こんにゃくを、うっすら味つけした出汁で煮た物に、彩り鮮やかな小松菜を入れた鍋だ。以前、小田原の伝蔵が送ってくれた蒲鉾などをいれた「ごった煮」の応用である。

ちはるは日の出大福を詰めた重箱を持った。

「うちの者が世話になる。よろしく頼むぜ」

怜治が戸口で頭を下げると、すでに一階で暮らし始めている老夫婦が上品な仕草で礼を返した。

「こちらこそ、よろしくお願いいたします」

白髪の老爺《ろうや》が背筋を伸ばして怜治に向かい合う。

「佐島《さじま》市之丞《いちのじょう》と申します。この通りの老いぼれでございますが、かつては剣道場の師範などを務めておりましたので、朝日屋の仲居部屋をしっかりと守らせていただく所存でございます」

市之丞は、すぐ後ろに控えていた老婆に目を向けた。

「これは妻の早紀《さき》でございます。たまおさんとおふささんがいらっしゃれば暮らしが華やぐと、お二人の到着を心待ちにしておりました」

早紀がにっこり笑って頭を下げる。

「朝日屋さんのお料理には到底敵いませんが、お二人がお疲れの際には、食事の支度などもわたくしがいたしますので」

二人とも優しげな笑みを浮かべて一同の顔を見回した。

「さあ、どうぞ中へお入りください」

「今すぐ、お茶をお持ちいたしますね。二階にいる、たまおさんとおふささんもお呼びしましょう」

踵を返した早紀を、怜治が呼び止めた。

「おれたちは、すぐに帰るぜ。あいつらも、今日は荷物の片づけなんかで落ち着かねえだろうしよ」

早紀が「ほほほ」と笑い声を上げる。

「落ち着かない時こそ、ひと休みが必要ですよ」

おっとりとした口調なのに、有無を言わせぬ響きがあった。

早紀は足早に奥へ進んでいく。市之丞が、ちはると綾人に笑いかけた。

「それは、たまおさんとおふささんの昼餉《ひるげ》かな？」

ちはるはうなずいた。

「市之丞さんと早紀さんにも召し上がっていただこうと、四人分入っております」

「それはかたじけない」

市之丞は嬉しそうに笑みを深めた。

「では、台所へ運んでいただけるかな」

市之丞は早紀が姿を消したほうを見やった。

「行けば、すぐにわかるので」

「あ、はい――」

ちはるは綾人と顔を見合わせて、草履を脱いだ。

「さあ、どうぞお二人も上がってください。遠慮など無用ですよ。ここは、たまおさんとおふささんの家でもあるんですから」

ちらりと振り返れば、怜治と慎介も草履を脱いでいるところだった。

台所は、座り流しだ。

指示された場所へ綾人が土鍋を置くと、早紀はそわそわした様子でその前に来て、ちはるに顔を向けた。

「見てもよろしいかしら？」

「もちろんです」

綾人が蓋を取ってやると、早紀は中を覗き込んで目を輝かせた。

「まあ、美味しそう！　いいにおいですわねえ」

まるで少女のようにはしゃぐ早紀に、ちはるは親しみを感じた。

「まだ冷たくなってはいませんが、食べる時は温めてください」

「はい」

早紀は背筋を伸ばして返事をした。

「汁が残りましたら、雑炊を作っていただいてもよろしいかと思います」

「かしこまりました」

早紀は真剣な面持ちで、目下のちはるにも丁寧な返事を続ける。恐縮するちはるに、早紀はふわりと柔らかな笑みを向けた。

「本当に、嬉しいわ。朝日屋の女料理人ちはるさんが作る料理を、わたくしも食べてみたいと思っていたのですよ」

ちはるも嬉しくなって笑い返した。

「朝日屋の食事処にも、今度ぜひいらしてください」

「はい！」

満面の笑みを浮かべた早紀が、はっと息を呑む。

「いけない、お茶！　早くしなければ、みなさんをお待たせしてしまうわ」

ちはるも手伝って、人数分の茶を淹れた。

一階の居間へ運んでいくと、男三人はすっかり打ち解けた様子で話をしている。

「じゃあ今度、市之丞さんも一緒に釣りに行こうぜ」

「釣った魚をすぐに慎介さんが料理してくれるというのは、何とも贅沢ですな」

「だけど、怜治さんに釣られる魚がいますかねえ」

たまおとおふさも二階から下りてきていた。ちはるの手にしている盆を見て、二人は目を細める。

「ちはるちゃん、ありがとう。ちょうど喉が渇いていたのよ」

「慎介さんが作ってくれた鍋料理と日の出大福、楽しみだわぁ」

ちはるは眉をひそめて、座っているおふさを見下ろした。

「あたしも一緒に作ったんだけど」

「あら、そう。じゃあ、しっかりと味を見てあげるわ」

ちはるは、むっと唇を尖らせた。

「何で、あんたが偉そうに言うのよ。料理に関しては素人《しろうと》のくせに」

おふさは眉を吊り上げる。

「あら、うちに食べにいらっしゃるお客さんたちだって、みんな素人じゃない。素人の舌を侮っているようじゃ、一生一流にはなれないわね」

「何ですって！」

早紀が「ほほほ」と笑い声を上げた。

「ちはるさんとおふささんは、とても仲よしなんですのねえ」

「仲よしじゃありませんっ」

ちはるとおふさの声が重なり合った。

今度は市之丞が「ははは」と声を上げて笑う。

「二人とも、息がぴったりだ」

ちはるとおふさは、むうっと唇を引き結んだ。

「さあ、お茶にいたしましょう」

早紀に促され、みな湯呑茶碗を手にする。

甘みと渋みが入り混じった煎茶の香りがほんのりと辺りに漂って、部屋の中は穏やかな気で満ちていった。

第三話　継ぐもの

客たちの楽しげな声が入れ込み座敷に響き渡っている。

「正月が終わったと思ったら、今度は初午《はつうま》だってんで、孫に太鼓をねだられたのよ」

「まったく早《はえ》えもんだよなぁ」

如月の初午の日には、子供たちが太鼓を打ち鳴らして遊ぶ風習があるのだ。

「うちの孫は女だから、今年は雛人形を買ってやらにゃならん」

「初孫だったたな」

「おう。これがまた可愛くてよぉ――おい姉さん、酒の追加はまだか」

ほろ酔いの客が右手を高く上げる。おふさが急ぎ足で客のもとへ向かった。

「お待たせいたしまして、大変申し訳ございませんでした」

たまおは別の客のもとへ膳を運んでいる。

「本日の膳は、串鮑《くしあわび》、鹿子《かのこ》豆腐、鯨《くじら》の生姜《しょうが》焼き――八つ頭と人参と牛蒡と椎茸とこんにゃくの、五種の煮しめ――白飯に、小松菜と卵の吸い物。食後の菓子は、日の出大福でございます」

「おお、わしは鮑が大好きなんじゃよ」

「さようでございますか。どうぞごゆっくりお楽しみくださいませ」

たまおは笑顔で一礼すると、すぐ調理場に戻ってきて次の膳を手にする。

「お運びいたします」

「お願いします」

ざわめきの中、たまおとおふさはくるくると動き回って、入れ込み座敷と調理場を何度も行き来している。

「いらっしゃいませ。奥へどうぞ」

暖簾をくぐって入ってきた客に声をかけた綾人は微笑みながら、下足棚に向かっている客へ向き直った。

「ただ今すぐにお履き物をお出しいたしますので、少々お待ちくださいませ」

階段の下で入れ込み座敷を見回していた怜治がすかさず戸口に歩み寄る。

「お客さま、こちらへどうぞ」

入ってきた客を怜治が席まで案内する。その間に、綾人は帰る客を見送っていた。

「おーい、酒の追加を頼むぜ」

「わたしの膳はまだかね」

「ただ今お持ちいたしますので、少々お待ちくださいませ」

食事処に活気が満ちるのは嬉しいが、朝日屋一同はてんてこまいである。

ちはると慎介も入れ込み座敷の様子に目を配りながら、休みなく手を動かし続けていた。

睦月《むつき》（一月）も終わりが近づいて、ついこの間まで正月だったのが信じられないほどの慌ただしさである。

夜が更けて、食事処を閉めた時には、みなぐったりとしていた。

小松菜と卵の吸い物に味をつけ直してそうめんを煮込んだ「にゅうめん」を晦に食べて、みなやっと人心地ついた顔になる。

「明日、おしののところへ行ってみようかと思っているんだがよ」

怜治の言葉に、一同は大きくうなずいた。

たまおが曙色の前掛に目を落とし、話しかけるように優しく叩く。

「おしのさんが来てくれれば安心だわ」

ちはるは同意した。

「よく気がつく人ですからねえ」

おふさが首をかしげる。

「でも——お客に怒られて、ものすごく落ち込んでいたんでしょう？　仲居の仕事が嫌になっていなければいいいんだけど」

一同は唸る。

「とにかく、頼むだけ頼んでみるさ」

怜治の言葉で、その夜はお開きとなった。

翌日、怜治が長屋を訪ねると、おしのはふたつ返事で朝日屋の手伝いを引き受けてくれたという。

「これまでの自分を変えたいんだと、おしのは言っていたぜ」

朝日屋の仲居として働いた経験により、おしのはもっと強くなりたいと思ったのだという。

「何でもかんでもすぐ謝って、めそめそしちまう自分に嫌気が差したんだとさ」

怜治は機嫌顔で声を上げて笑った。

「まあ、うちの女どもは特別に気が強《つえ》えから、あまり真似する必要はねえと言っておいたんだがな。あ、もちろん、おしのも『うちの者』だってことは、ちゃんとつけ加えておいたぜ」

「――へえ」

ちはる、たまお、おふさの声が重なり合った。三人そろって、怜治に向き直る。

「朝日屋の女衆といえば、この三人しかおりませんが……」

怜治は、はっとした顔で唇を引き結んだ。

「あ、いや、その――たまおは、まあ、分別があるよな」

たまおは口元に笑みをうかべながら居住まいを正した。

ちはるとおふさは互いに顔を見合わせて、むっと眉根を寄せる。

「特別に気が強いって、わたしのことじゃないわ」

おふさの言葉に、ちはるは拳を握り固めた。

「何言ってんのよ。あたしのことでもないわよ。あんたのことに決まってるじゃない」

「何ですって⁉」

睨み合うちはるとおふさの顔の前に、慎介が手を差し入れてきた。ものすごい速さで葱を小口切りにしていく包丁のように、ぶつかり合う二人の視線の間で手を上下に振る。

「おめえら、いい加減にしねえか。明日から、おしのさんが来てくれるってんだから、喧《けん》嘩《か》はなしだぜ」

慎介の言葉に、怜治が大きくうなずく。

「そうそう、喧嘩はなしだ。客商売をやっていりゃ、おまえたちのその気の強さが役立つこともあるんだからよ」

おふさが怜治に視線を移す。

「客商売に役立つ気の強さって、いったい何ですか？」

「そりゃ、おまえ、いろんな客が来るんだからよ。毅然とした態度で無理難題を退けなくちゃならねえ時もあるだろう」

取ってつけたような言い草を——と言いたげな顔で、おふさは怜治を見つめ続けている。

怜治は目を泳がせた。

綾人が助け船を出す。

「怜治さんが言いたいのは、つまり、おふさもちはるも芯が強いということですよね」

ちはるとおふさは同時に綾人へ目を向けた。

綾人は艶やかな笑みを浮かべながら、ちはるとおふさを交互に見やる。

「何かを成し遂げるためには、やっぱり芯が強くないとね」

怜治が「おうっ」と声を上げて、両手を打ち鳴らした。

「綾人の言う通りだ。とにかく明日から、おしのが来るからよ。みんな、よろしく頼むぜ」

「はい！」

みなの声が、ぴたりとそろった。

朝日屋の仲居三人がそろう明日に、ちはるは胸を躍らせる。

翌日、曙色の前掛を身に着けたおしのはきびきびと動き回っていた。

泊まり客が旅立ったあとの客室を手際よく片づけ、入れ込み座敷を拭き清め——おしのが加わったことで、たまおとおふさの表情にも余裕が生まれた。

　食事処の客あしらいも懸命にこなそうとしている様子が、調理場からはっきりと見える。

「おい姉さん、おれの酒はどうした」

「はっ、はい――ただ今お持ちいたしますっ」

　右手を高く上げて催促する客のもとへ、おしのは力強い足取りで向かっていく。

「大変お待たせいたしました！　こちら、追加のお酒でございますっ」

「お、おう――ありがとよ」

　前回おしのは小さな声でもごもごとしか客と話せなかった。今回は大きな声ではっきり話すよう努めているのだという意志が、言動ににじみ出ている。多少ぎこちなさがあるものの、おしのは真っ向から仲居の仕事に取り組んでいた。

「おーい、姉さん――」

「はいっ、ただ今っ」

　たまおやおふさより早く客の求めに気づくことも多々ある。

　慎介が調理台から顔を上げて、嬉しそうに微笑んだ。

「ずいぶんと頑張っているなぁ」

　ちはるはうなずいた。

「おしのさん、生き生きとしていますよねえ」

慎介が包丁を握り直す。

「おれたちも負けちゃいられねえぞ」

「はい！」

ちはるも気合いを入れて、次々にやってくる客のために新しい膳を作り続けた。


おしのの奮闘に力を得て、朝日屋はますます繁盛するぞと、みなが意気込んだ三日後
――食事処を閉めたあと、おしのは亭主の伊佐吉《いさきち》が仕事帰りに迎えにくるのを入れ込み座敷で待ちながら、両手で顔を覆っていた。

「本当に、すみませんでした。わたしが間違えてしまったばかりに――」

床に手をついて頭を下げるおしのの肩を、たまおが優しく叩く。

「大丈夫よ。次から気をつければいいんだから」

おしのは床に手をついたまま大きく頭を振った。

「やっぱり、わたしなんかに客あしらいは無理だったんです」

調理場で賄の用意をしていたちはるは慎介と顔を見合わせた。おしのは長屋へ帰ってから伊佐吉と夕食を取るというので、二人分の賄を重箱に詰め、風呂敷で包んである。それをおしののところへ持っていこうとしていたのだが、今は間が悪いようだ。

それにしても、おしのはいったい何をしでかしたのだろうか。ずっと調理場にいたちは

るは何も気づかなかった。

　おふさと綾人は困ったように唇を引き結んで、おしのを見ている。何があったかわかっているような顔つきだが、自分たちは口を挟まぬほうがよいと判断しているようだ。

　怜治が小さなため息をついて、おしのの前に腰を下ろした。

「確かに、順番を飛ばされた客はいい気がしねえ。文句のひとつも言いたくなるだろう。だが、間違いは誰にだってあるんだ。次に活かせばいいじゃねえか。客あしらいが無理だと決めつけるのは早計だぜ」

　怜治の言葉に、ちはるは自分も同じ間違いをしてしまったことがあると思い出した。人手不足で、みながあたふたしていた時のことだ。ちはるも調理場を出て、入れ込み座敷へ膳を運んでいったのだが、あとから注文した客のほうに先に膳を出してしまったのである。客に文句を言われれば、確かにあせるし、落ち込みもする。だが、一度や二度の間違いであそこまでめげずとも――。

　おしのは、ぐすんと鼻を鳴らした。

「でも、同じ間違いを、同じ日に、四度もくり返すなんて……」

　ちはるは「えっ」と出かかった声を飲み込んだ。確かに、四度は多すぎる。

「わたしなんか、やっぱり仲居に向いていなかったんです。前掛を作らせてもらって、それで満足していればよかったんです」

曙色の前掛を両手でぎゅっとつかみながら、おしのはぽたぽたと涙をこぼした。

怜治は後ろ頭をかく。

「だが、おまえは変わりたいと思って、ここへ来たんだろう。ふたつ返事で『やります』と言った時すでに、ずいぶん変わったもんだと、おれは思ったんだがなぁ」

おしのは首を横に振る。

「あの時は、できると思ったんですけど――やっぱり、わたしなんかには――」

「そら無理やろうなあ」

突然聞こえてきたお国言葉に、朝日屋一同はぎょっとした。

階段を下りてきた孫兵衛が入れ込み座敷の前に立ち、天井を指差す。

「そない大きな声でしゃべったはったら、二階で寝とるお客さんらが目ぇ覚まさはりますで」

朝日屋一同は、とっさに口を押さえた。

孫兵衛が、おしのの近くに腰を下ろす。

「おしのはん、自分を卑下するのはやめなはれ。今、わてがちょっと聞いとっただけで『わたしなんか』って三回も言うたはりましたで」

孫兵衛の毅然とした声が静かに響いた。

「朝日屋のみんなの、どこがそないに不満なんでっか」

おしのは驚いたように孫兵衛を見て、激しく首を横に振った。

「みなさんは、とても素晴らしい人たちです。朝日屋は、わたしなんかにはもったいない勤め先で――」

「ほら、また『わたしなんか』と言うた」

おしのは口をつぐむ。孫兵衛は微笑んだ。

「素晴らしい人たちやと言いながら、おしのはんはけっきょくのところ、朝日屋のみんなを信じてへんのや。せやさかい、どれだけ大丈夫やぁ言われても、そないなことあらへん、わたしなんかあかんのやと思ってしまう。ちゃいまっか」

孫兵衛の言葉の意味を咀嚼《そしゃく》するような表情で、おしのは小首をかしげた。

「卑下と謙虚は別物でっせ。おしのはんは『わたしなんか』いう言葉で自分を落として、自分を大事に思うてくれとる周りのもんを裏切っとるんですわ」

やんわりとした口調できっぱり言い切る孫兵衛の言葉に、おしのは顔を強張らせた。

「わたしが、周りの人を裏切っている……」

孫兵衛は笑みを崩さずにうなずいた。

「豆腐屋が『わたしなんかが作った豆腐は不味《まず》いと思うけど』と言うた豆腐を、買いまへんやろ」

おしのはうなずく。

「せや。売り手が『これは美味い。いっぺん食べてみんと後悔するで』とまで言うて、自信を持って薦める品やさかい、ほな買《こ》うてみよかと思うんやあらへんか」

おしのはもう一度うなずいた。

「まあ、自信満々に売りつけられて、食べたら不味かったっちゅうこともありますけどな。そん時は、詐欺やと思うて怒りますわ」

孫兵衛は明るい笑い声を上げた。

「おっと、声が大きくなり過ぎてしもた」

孫兵衛は愛嬌たっぷりの表情で、しいっと人差し指を自分の唇に当てた。

「ええか、おしのはんはきっと道端に咲く健気な花や。気づいたもんは、みんな癒される。そないなええ仲居になると思うで」

おしのは信じられぬと言いたげな表情で、頬に手を当てた。ここで首を横に振っては、また自分を卑下することになるのかと、顔が動くのを押し留めているようにも見える。

「花は在るがままに咲く。卑下したり、うらやんだり、妬《ねた》んだりはせえへん」

優しい目でおしのを見つめていた孫兵衛が、ぱっと怜治に顔を向けた。

「怜治さん、さっき、わてが『おしのはんはきっと、めっちゃ美味い豆腐や』とでも言うと思いはったんやろ」

怜治は「うっ」と声を詰まらせる。孫兵衛は「図星か」と大げさに顔をしかめた。

「女子《おなご》をたとえるんやったら、花に決まってますやろ。豆腐はあれへんわ。美しい女子衆を抱える旅籠の主やったら、それくらいわかっとかなあきまへんなぁ」

怜治は面倒くさそうに後ろ頭をかいた。

「ついうっかり、毒花にたとえちゃいけねえからよぉ」

たまおとおふさが目を見開いた。

「まあ、ひどい！」

だが、二人とも笑っている。綾人もくすくすと笑いを漏らしていた。釣られたように、おしのの表情もほぐれていく。

孫兵衛が、おしのに向き直った。

「おしのはんは、もっと自信を持つべきや。こないにええ仲間に恵まれとるんやさかい、失敗を恐れへん勇気を持たなあきまへんで」

おしのはおずおずと孫兵衛に尋ねた。

「あの……自信を持つためには、いったいどうしたらいいんでしょうか。たまおさんとおふささんに比べると、わたしなんか――あ、いいえ、わたしは――あまりにも未熟過ぎて――」

「未熟なのは、しゃあないやろ」

あっさり告げた孫兵衛の言葉に、おしのは目を瞬かせる。

「仕方がない……?」

「たまおはんは茶汲み女。おふさはんは商家のいとさん。もともと客あしらいに慣れてはったんやろ。いきなり同じようにはでけへんて、そんなん当たり前ですやんか」

孫兵衛が同意を求めて怜治を見た。怜治は大きくうなずく。

「たまおやおふさとまったく同じようにする必要はねえんだ。おしのはおしののなりに、客と向かい合っていけばいい」

孫兵衛は「せや」と笑いながら、おしのに向き直った。

「人と自分を比べてしまう気持ちもわかる。せやけど、たまおはんもすごい、おふさはんもすごい、ほんで頑張っとる自分もすごいで、ええんとちゃいまっか」

おしのは自信なげにうつむいた。

「人のやることを見て、自分の足らへんところを見直すのはええ心がけやで。せやけど、それでへこんでばかりいるんはどうなんやろう。うじうじ悩んで、下ばっかり見て、お客さんのほうに目ぇ向いてへんのとちゃいますか」

おしのは、はっと息を呑んだ。

「わたしは、ただ……お客さまのために動けるようになりたいと思って……」

「その心がけがあったら、いけまっせ」

孫兵衛はにっこり笑って、自分の膝をぽんっと叩いた。

「まずは話し言葉を変えてみなはれ。『わたしなんか』いう口癖をやめまひょ。ほんで、下向いとったら、顔を上げるんやで」

おしのは両手を口に当てて顔を上げた。孫兵衛は笑みを深める。

「口癖いうんは、なかなか恐ろしいもんですわ。独り言なんかもね、だぁれも聞いてへんようで、自分だけは聞いてんねんで」

孫兵衛は手の平を耳に軽く当てた。

「耳から入ってきた言葉は、頭の中ぐるぐる回って、考えを支配していくんや。せやから『わたしなんかあかんねん』と言い続けてると、あかん自分に見合《みお》うた動きをし続けるようになってまう」

それは、これまでに数多くの丁稚《でっち》たちを育て上げてきた経験から、孫兵衛が学んだことだという。

「わても若い頃は、下のもんを叱ってばかりいた時期がおました。厳しゅう躾《しつ》けることが相手のためになると信じとったんです」

だが、みな一様に叱っていては駄目だと思い至ったのだという。

「奉公に上がる子供たちの気性は、ほんま十人十色――一を聞いて十を知るもんもおれば、何べん同じこと言うてもなかなか覚えられへん子ぉもおる」

けれど、みなある程度は使えるように仕込んでいくのが、上に立つ者の手腕だという。

「根気よう教えたれば、やる気のあるもんは、いつか伸びる時がやってくる」

だが、どんなに粘り強く教えても、やる気のない者を仕込むのは難しいと、孫兵衛は苦笑した。

「わてが一番往生したんは、若旦さんですわ」

朝日屋一同は大きく目を見開いて、孫兵衛を見つめた。

おふさが信じられないという顔で口を開く。

「筒美屋の若旦那さんはとても商売熱心だという評判を、うちのおとっつぁんが聞いておりますけれど――」

孫兵衛は後ろ頭をかいた。

「いや、それが、昔は全然やる気がのうてなあ。大坂にいた頃の若旦さんに比べたら、おしのはんは遥かに見込みがある思て、つい余計な口出しをしてしもうたいうわけですねん」

堪忍なと頭を下げる孫兵衛に向かって、おしのは身を乗り出した。

「あの、その時のお話を聞かせていただけませんか」

すがりつくような眼差しで、おしのはじっと孫兵衛の目を見た。孫兵衛は戸惑ったように、おしのを見つめ返す。

「せやけど、説教めいた年寄りの昔話なんて、これ以上は――」

「聞きたいです」

孫兵衛の言葉をさえぎって、おしのは続ける。

「筒美屋の若旦那さんが、どうやって今の若旦那さんになっていったのか、知りたいんです」

やはり、おしのはずいぶん変わった、とちはるは思った。

怜治が「よし」と声を上げて、調理場へ顔を向ける。

「慎介、ちはる、賄を持ってきな。孫兵衛さんには、何か軽くつまめる物をお持ちしろ」

「はい」

手早く用意して、ちはると慎介も入れ込み座敷へ向かった。


本日の賄は、あさりの餡かけ豆腐と葱飯だ。すでに夕膳を食べ終えている孫兵衛には、あさりの餡かけ豆腐、焼き葱、胡麻油で炒めたわかめを用意した。

ちはるが料理を運び、慎介が燗《かん》をつけた酒を運んだ。

「おお、こらぁすんまへんなあ」

慎介は孫兵衛と怜治の前にだけ酒と杯を置いた。

「おや、慎介さんは飲まんのかい」

慎介は笑いながら頭を下げた。

「ちはると一緒に、ここで孫兵衛さんのお話を伺わせていただきます」

慎介が腰を下ろしたのは、車座になっている孫兵衛と怜治の真向かい――つまり、各自の前に置かれた料理をまたぐか、ぐるりとみなの後ろを回っていかねば酒に手が届かぬ位置である。師の慎介も飲まぬというのだから、今夜は何が何でも酒を飲むまいと、ちはるも心に決めた。

怜治は満足そうに口角を上げて、孫兵衛に酒を注いだ。

「さ、ぐっとやってくんな」

「ほな遠慮なく」

孫兵衛は酒をあおると、ほうっと息をついた。

「美味いなあ」

孫兵衛は杯を置くと、焼き葱をぱくりとひと口で食べた。

「うん、甘い――とろけてるわ。焼いて、塩を振ってあるだけやのに、何でこないに美味いんやろう」

慎介が一礼した。ちはるも隣でそれに倣《なら》う。

孫兵衛は続いてわかめを口に入れた。

「おう――胡麻油がよう利いてはるなあ。醤油と胡椒もええ感じじゃや」

孫兵衛は口の中の物を飲み込むと、箸を置いておしのに向き直った。賄の入っている風呂敷包みを膝の脇に置いて茶を飲んでいたおしのは、ぴしりと背筋を伸ばす。

孫兵衛は笑いながら手を横に振る。

「かしこまらんと気楽に聞いてくれや。みんなも賄食べてや」

みなが箸を手にするのを見て、孫兵衛は酒で口を湿らせると語り始めた。

「うちの若旦さんは、待望の一人息子でねえ。生まれた時から筒美屋の跡を継ぐことが決まっとったんですわ」

筒美屋の跡継ぎである作之助《さくのすけ》は幼い頃から物覚えがよく、読み書き算盤《そろばん》は難なくこなせていた。

「せやけど、お客さまのお相手っちゅうものは、物覚えの善し悪しだけで務まるものやおまへん。お客さまのお顔とお名前、いつどんなお品を買うたかやらを覚えとくのは、すごいことでも何でもあらへん。当たり前のことやからねえ」

季節にふさわしい着物の色や柄を完璧に覚えても、客に気に入られ、買ってもらえる品を薦められなければ駄目なのだ。客の心の機微に寄り添うことができるようにならねば、商売人として一人前にはなれない、と孫兵衛は語った。

「旦さんも、ごりょんさんの育て方も、ちょっとまずかったんや」

おかみは外出の着物を決める際、いつも作之助に助言を求めていたという。

――呉服屋のおかみたるもの、常に世の中の目ぇ惹くような美しい装いをせなあきません――。

　そう言って、おかみは何枚もの着物や帯を畳の上に広げて、作之助に選ばせたのだ。

「――うちの人は店が忙しうて、わたしの相手なんかしてくれへん。作之助、おまえだけが頼りやで。こないだ見立ててくれた着物も、たいそう評判がようてねえ――。

「そうやっておだてて、若旦さんのやる気ぃ育てようとしたんやけど」

　おかみの持っている着物は、もともと、どれも一流の品だ。また、おかみが季節にそぐわぬ物を出してくるはずもない。畳に広げられた物の中から、作之助がどれを選んでも、外出に差し障りはないのである。

「薄桜か桜鼠《さくらねずみ》にするか――それを選ばせるくらいのもんでっせ。もちろん、少しの違いをおろそかにしてええっちゅうわけやおまへんで。その少しが大事やいうことも、ようさんあるんやけどな」

　確かに――と、葱飯を食べながら、ちはるは思った。あと少し醬油を入れるか入れないかで、料理の味はがらりと変わってくる。着物の色のわずかな違いで、まとった者の印象も大きく変わってくるのだろう。

「ごりょんさんの着物を選んで『えらいもんや、作之助には才があるわ』と褒めそやされて、若旦さんは『着物の見立てなんか簡単や』と思うようになってしもた」

　怜治が唸る。

「才は、まったくなかったのか？」

孫兵衛は小首をかしげる。

「確かに、ええもんを見る目ぇはおましたで。生まれた時から、ええ着物に囲まれて大きゅうならはったからねえ」

怜治は杯を手にすると、小さく肩をすくめた。

「こんなもん簡単だと思うがあまり、やる気が出なかったってわけかい」

孫兵衛は苦笑しながら酒をあおった。

「毎日同じことのくり返しや、なんもおもんない言いはるようにならはった」

面白くない――そう自覚した作之助は、仕事に身が入らなくなったという。

「もちろん、お客さんの前では上手く笑《わろ》うてるんよ。せやけど愛想笑いいうんかな――そこに心があれへんねん。お客さんには気づかれんと済んでも、わてにはようわかりました」

上辺だけの客あしらいは、いつか客にも気づかれる――それに何よりも、若旦那の心が育たない――店と作之助の将来を危惧した孫兵衛は、商売人としての在り方を――それ以前に、人としての在り方を、作之助に問うた。

――真剣に品物を選んどるお客さんに対して、もっと誠意をもって向かい合わなあかんのとちゃいますか。もっと親身になって寄り添うて、お買い物につき合わしていただかなあかんのとちゃいますか――。

心の底から熱く訴えた孫兵衛に、作之助は冷淡な目を向けたという。

――親身になって寄り添うって、いったいどういうことやねん。うちに来はんのはみんなお金もたんと持ってはって、一生に一度の一枚を買い求める人らとちゃうんやで。『お似合いでっせ』いうて褒めたら、気持ちよう買うていただけるんやさかい、それでええやんけ――。

作之助の言い草に、孫兵衛は怒った。

「着物を何枚も持っとるお客さんやろうが、そん時に買う一枚に、どないな思いがこもっとるか話をじっくり聞いてみなわかりまへんやろ、とわては怒鳴りましたんや」

長年さまざまな客に着物を見立ててきた中で、色とりどりの柄に勝るとも劣らぬ悲喜こもごもを抱えて買い物にくる客もいることを、孫兵衛は知っていた。だから作之助の言動はあまりにも投げやりに見えて、許せなかったのだという。

「着物は心を満たす物。時には気分を上げてくれて、時には癒してくれる。ほんで時には、合戦に赴く時の鎧《よろい》みたいなもんにもなってくれまんねん」

可愛い娘が七五三のお参りに着る晴れ着。嫁ぎ先で初めて袖を通す一枚。大事な取引先と商売の話をする時の装い。夫が囲っている妾《めかけ》と対面する時にまとう着物。

「その時々にふさわしい品を選ぶお手伝いは、ほんまに大事ですねん」

場面に応じた物を選ぶといっても、客の年齢や好みによって、薦める品はまた変わってくる。客の話や表情から、理想の着物を聞き出さねばならぬのだ。

だが何度言っても、作之助の目は冷めたままだったという。

――相手によって品が変わるいうたかて、身にまとう季節は決まってるんや。その季節に合《お》うた色や柄の中から、客に似合いそうな物をいくつか薦めたらそれでええやろ。おかんの着物選びと同じや――。

春夏秋冬、巡りくる季節が毎年決まっているように、人生の中で訪れる行事もだいたい決まっていると言うのだ。仕事での大勝負や、妾との対面など、ひとくくりに「行事」と呼べない事柄があっても、その季節という枠の中で考えれば、おのずと薦める品も決まってくる、と作之助は主張した。

「若旦さんの言うたことは、決して間違いやないんですけどねえ」

客に対する「心」を感じなかったのだと、孫兵衛は苦笑した。

「筒美屋には、長年の贔屓《ひいき》客がようさんいらしゃります。せやさかい、お客さんの好みなんかも、たいがい頭の中に入ってますのんや。せやからよけいに、若旦さんは『どうせ毎度同じことのくり返しや』て思いはったみたいなんやけど……」

――どうせ未来は決まっててんねや――。

ある日ぽろりと作之助がこぼした言葉の裏に、孫兵衛は、作之助がひそかに抱えていた苦悩を見たのだという。

「若旦さんには『いつか所帯を持って、子ぉができた時、その子に誇れる仕事をせなあきまへんで』って、何べんも言うてきましたんや」

その時も、同じ話をしていたのだという。いつもであれば「はいはい」と聞き流すはずの作之助が、何度もくり返されて嫌気が差したのか、同業の若旦那衆の集まりで何かあったのか、露骨に顔をしかめたのだ。

――呉服屋に生まれた子ぉは、呉服の道しか許されへん。そん中で、何を誇れっちゅうんや。先祖代々売り続けてきた、古典柄の品ぞろえか。せやけど、そないなもんは、どこの店でも扱《あつこ》うとるやろう。唯一無二の大仕事ちゃうわ――。

そう叫んだ時の若旦那は、ひどく悲愴な顔をしていたという。

「生まれた時から呉服屋を継ぐと決まっとった若旦さんは、家業に生き甲斐を見い出せんと、本人なりに苦しんだはったんですわ」

これは最高の一枚だと客に喜んでもらえるような見立てをすることは、唯一無二の大仕事ではないのか。これまでにない着こなしを考えて薦めれば、大坂中の者を夢中にさせる流行を生み出せるのではないのか。

孫兵衛がどんなに言葉をつくしても、作之助の心には響かなかったという。

「毎日毎日、冷めた目ぇで、愛想笑いを浮かべてはってなあ。見ていられまへんでしたで」

そこで、孫兵衛は賭けに出た。いつも孫兵衛が相手をしていた客を、作之助に任せてみたのである。

「商家のご内儀で、わてが若い頃からご贔屓にしてくださっとる方でしてなあ。わてと年の近い方でね」

売り上げの上位を占めるような買い物はしないが、人生の節々で身にまとう着物を注文してくれる、大事な客の一人だという。

「そん時そん時の、最高の一枚を選びたいっちゅうお気持ちが、そらたいそうに強いお人ですねん」

じっくり選び、目移りもするので、その客が買い物にかける時はとても長いのだという。

「あの時、お客さんは『うちも、もうええ年やさかい、仕立てるのはこれが最後になるかもしれへん』と言いはってなあ。わては『そない寂しいことおっしゃらんと』って笑うたんや」

そして最後の一枚を一緒に選ぶと約束しながら、今回はぜひ作之助に買い物の手伝いをさせてやってくれと頭を下げて頼んだ。

客はしばし作之助の仕事ぶりを眺めて、孫兵衛の意図を察したようだった。

――たまには若い人に見立ててもらいまひょか――。

いたずらを楽しむような笑みを浮かべて、接客を終えたばかりの作之助を呼びつけると、次々に反物を出させていった。

紅葉狩りにいく時の着物を作りたいと言ったかと思えば、やはり風が冷たい季節の外出は年寄りの身にこたえるので、来年の桜狩りにいく時の着物を作りたいと言ってみたり。来年の春には今よりも足腰が弱って、もう歩けなくなっているかもしれないので、やはり芝居見物へいく時の着物を頼もうかと言い出したり。

孫兵衛はさりげなく近くで様子を見ていたのだが、作之助は次第にいら立ちをあらわにしていったという。

――お客さん、どの季節にお召しになる着物かがわからなんだら、わたしもお薦めのしようがございまへん――。

「愛想笑いてんこ盛りで、歯を食い縛っとったわ。お客さんのほうは、心の底から楽しんだはるようなお顔で、にこにこ笑うていらしてなあ」

――この年になると、たいていの物はもうそろっとります。季節ごとの着物やって、何枚ずつかは持っとるんよ。せやかて、あともう一枚欲しいと思うのが女心。いくつになっても、女は女なんやなあ――。

客はおっとり言いながら、店内を眺め回した。そして他の客の前に広げられている反物をそっと指差したという。

それは若々しい朱鷺《とき》色だった。

――あの色、うちが花嫁修業をしとった頃によう着とった物と似とります――。

はにかんだ笑みを浮かべて、客は夫との馴《な》れ初めを語り始めた。

――難波橋《なにわばし》の近くにある茶屋で見初められたんや。目が合《お》うたとたん、うちも、ぽーってなってもうてなあ。ひとめ惚れいうことやねえ――。

ほほほと笑いながら、客はのろけ始めた。

――嫁いだら、仕事の合間を縫うていろんなところへ連れていってくれはったんや――。

春は梅や桜、夏は花火や夕涼み、秋は紅葉、冬は雪――。

巡りゆく季節の景色を眺め、風を感じ、出先で美味しい物を食べる時、いつも客は夫と一緒だったという。

――ほんでな、よりにもよって淡ぁい練色《ねりいろ》の着物着てる時やってんけど、走ってきた子供がぶつかってきてなあ、持ってたみたらい団子をべったりつけられてしまいましたんや。どないして叱ったろ思てたら、うちの人が優しい顔して「気ぃつけなはれや」て許してもうてん――。

周りの客が見入っている反物をゆるりと眺めながら、あの色に似ている着物で夫と天満祭りを見物した、あの柄と似ている着物で夫と船遊びをした――などと、客は次々に思い出を語っていった。

――子ぉが生まれた頃によう着てたんは縞柄やったなあ。歩き始めた頃は格子柄。若い頃のような花柄は、着られへんようなったんやけど、年取ったらまたなんや着たなってなあ……そない言うてても色味は抑えてんねんで……けど、昔に帰りたなってんのやろか――。

客の話を聞き疲れた若旦那は顔を引きつらせながら「ほな今回は、若い頃を思い出して、派手な着物になさいまっか」と尋ねた。客は笑いながら首を横に振ったという。

――嫌やわ。若い頃かて、そないに派手な着物は選びまへんでしたで――。

若旦那は愛想笑いを浮かべたまま席をはずすと、孫兵衛のところへやってきた。

「堪忍してや、あの客の相手を代わってくれ、と泣きつかれましてな」

客の相手は「どうせ毎度同じことのくり返し」で、若旦さんにとっては簡単やったんとちゃいますか、と孫兵衛は突き放したという。

客の前に戻った作之助は見るからに精一杯の愛想笑いを顔に張りつけていた。

――ほな、しっとりとした地色に四君子《しくんし》模様の着物にいたしまひょか――。

四君子とは、竹、梅、菊、蘭の総称である。この四種の植物には、君子を思わせる気品があるという考えから生まれた呼称であった。季節の異なる花が入っているので、通年着ることができる。

客は手を叩いて作之助を褒めた。

――ええわぁ。何で、もっと早《はよ》うにそれを思い浮かべへんかったんやろ――。

そして続けた。

――せやけど、花やないほうがええわ。葉っぱだけがええ――。

作之助は愛想笑いを消して、首をかしげた。

――葉っぱだけでっか――。

――そう、葉っぱだけ。青葉が色づいて、黄色くなりますやろ、ほんで赤《あこ》うなっていく。その全部の色が入っとる柄がええなあ。できれば、葉の形は紅葉やないほうがええわ――。

客の言葉に、作之助はますます首をかしげた。

――全部の色といっても、葉が色づくのは、青、黄色、赤の三色やねんなあ――。

客は「嫌やわ」と言いながら、作之助の腕を叩いた。

――おてんとさんの下で光り輝く葉ぁの色が、そないに簡単なわけあらへんやんか。若旦さん、木々の紅葉を見たことあれへんの――。

絶句する作之助を、客は外へと誘った。

――ちょうど色づき始めた木々を、川沿いで見たなあ。せや、今からうちと一緒に見にいきましょ――。

善は急げと、客は作之助を外へ引っ張り出した。作之助は困惑しきりの顔で、しかし客の手を振り払うこともできずに、出かけていったという。

「あっちゃこっちゃ散々引っ張り回されたぁ言うたはりましたわ。ほんで、くたくたになったところで、しれっと甘いもん食べさしてもろたり、鯉の根付を買《こ》うてもろたりしたそうやけどな」

作之助からか、客からか、話を聞いた時の様子を思い出しているような表情で、孫兵衛は目を細めた。

「そのあとや、お客さんと一日歩き回らはってから、若旦さんの顔つきが様変わりしましたんや」

——葉ぁの色が一枚一枚ちゃうように、巡ってくる季節も毎年毎年ちゃうんやな。今日と同じ日ぃは、もう二度とけえへんのやな——。

殊勝な顔で、そんなことを言うようになったのだという。

そして客と何度も相談を重ねた末に、灰白色の地に、さまざまな色合いの木の葉が描かれた着物を作り上げたという。

「葉ぁの色がようさんあるいうても、みぃんな落ち着いたええ色で描かれとってなあ、そらえらい上品に仕上がりましたんや。若旦さんが何べんも職人のところに足運んで、細かなとこまで打ち合わせはったそうやで」

職人のもとへ足を運ぶうちに、若旦那の顔つきはさらに変わっていったという。

「人と触れ合い、外の世界を知ることで、目覚めたんやろうな」

店にいる時も生き生きとして、声の出し方や話し方まで変わってきたという。

「ある日、お客さんに買うてもろた鯉の根付を眺めて、若旦さんが言いはったんです。『今ある古い物は、昔の新しい物なんやって』と……」

甘味を食べた茶店の池で鯉に餌をやりながら、ふと客が言ったのだという。

――ぜんざいも、ところてんも、今では当たり前みたいに食べられとるけど、昔の人はよう作り方を思いついたもんやねえ。初めてお店に出されて、それを食べはった人らは驚かはったやろねえ――。

客の話を聞きながら、作之助は唐突に、孫兵衛の話を思い出したという。

――これまでにない着こなしを考えて薦めれば、大坂中の者を夢中にさせる流行を生み出せるんとちゃいますか――。

その客との外出は、作之助にとって、かけがえのないひと時になったのだという。

――着物を見ると、大事な思い出が鮮やかによみがえる、とあの人は言うとった。新しい着物を仕立てることは、あの人にとって、未来の思い出作りでもあるんや――。

いつか訪れる寿命の尽きる日を恐れずに、あと何枚着物を仕立てられるだろう、自分が遺した着物は、きっと娘たちが大事に引き継いでくれるはずだと、客は微笑みながら作之助に語ったという。

「お客さんに買うてもろた根付を、若旦さんは今も肌身離さず持ってはるんよ」

ちはるの頭の中に、白髪交じりの女人と若旦那の後ろ姿が浮かんだ。二人は池の前にたたずんで鯉に餌をやりながら、世代を超えて心を繋ぎ合わせたのだ。

そんな交流が料理でもできたら——と、ちはるは思った。

客の思い出に残る味を作り続ける。そして大事な思い出作りのために、朝日屋を選んでもらう。

着物は心を満たす物だと孫兵衛は言ったが、それは料理も同じだろう。

先日の火事での炊き出しのように、飢えを満たすための食事もあるが、料理人として生きていくのであれば当然、人の心に響く料理を作りたい。

まとう着物によって癒されたり、励まされたりするのであれば、食べた物によって癒されたり、励まされたりもするはずだ。

着物が外側から心に染み入る物ならば、料理は内側から心に染み入る物——。

「商いを極めるには、一生修行やな」

ちはるは大きくうなずいた。

孫兵衛は優しく目を細めて、おしのを見る。

「おしのはんも朝日屋の一員と認められているんや。自信を持って、頑張りなはれ」

「はい。ありがとうございます」

おしのは力強い声で、はっきりと返した。

孫兵衛の話を聞いてから、おしのは「わたしなんか」と言わなくなった。うつむいても、すぐにぐっと顔を上げて、真正面から堂々と客に向かい合うようになった。

入れ込み座敷がますます活気づいていくのを、ちはるは調理場からずっと見ていた。

「言葉って、すごいんですねえ」

客の注文を取るおしのの笑顔を見つめながら、ちはるは思わず声を上げた。

「それと、上を向くこと――おしのさんは、孫兵衛さんに言われたことを忠実に守っていますよね」

慎介がうなずく。

「変わろうとしているところに、いい話を聞かせていただいたな。筒美屋の若旦那もそうだが、物事には時機というものがある。おしのにとっては、今が一番響く時だったんだろう」

入れ込み座敷を見ていた慎介が、ちはるに向き直って目を細める。

「おれも、おめえも、一生修行って言葉を忘れちゃならねえな」

「はい」

そして朝日屋の一員ということも――。

孫兵衛がおしのに言ったように、ちはるも自信を持って頑張らねばという思いを新たにした。

そんなある日、久しぶりに食事処へやってきた眼鏡《めがね》売りの辰三《たつぞう》は、おしのの姿を見て目を丸くした。

おしのは背筋をしゃんと伸ばし、凜と顔を上げて膳を運んでいる。

「お待たせいたしました。本日の膳は、春菊ときのこの煮浸し、あられ豆腐、こはく卵、鰆《さわら》の塩焼き、白飯に、人参のすり流し。食後の菓子は、日の出大福でございます」

はきはきと膳の説明をするおしのを見て、辰三はぽかんと口を開けた。調理場の近くに座っているので、唖然としている辰三の表情が、ちはるからもよく見えた。

おしのが初めて朝日屋の手伝いに入った時、辰三は注文した酒が運ばれてこないことに腹を立てていた。そして応対したおしのの態度があまりにもひどく、ろくに謝罪もできぬほどおどおどしていたので怒り、客商売は向いていないと断言したのである。

「まるで別人じゃねえか」

呟いた辰三に、怜治が歩み寄る。

「どうだい、驚いたかい」

辰三はこくこくとうなずいて、目の前に座った怜治に顔を向けた。

「おれが怒った時は、客と目も合わせられなかったあの姉さんが――いやあ、まいった。あんたの言った通り、いい仲居になりそうだぜ」

「だろう？」

怜治は満足げに目を細めた。

「これからも、おしのの成長を見守ってやってくんな」

辰三はまんざらでもなさそうな顔で、にやりと口角を上げる。

「そう言って、足繁く通わせようとしていやがるな」

「当たり前じゃねぇか」

怜治と辰三は顔を見合わせて笑い合った。そこへ、おしのが膳と酒を運んでいく。

「お待たせいたしました」

「おう」

辰三が、おしのに向き直った。

「姉さん、いい感じになったじゃねぇか。見違えたぜ」

おしのは辰三の目を見て、にっこり笑う。

「ありがとうございます。辰三さんにご指導いただいたおかげです」

辰三は頭を振った。

「何言ってんだ。こっぴどく叱られて『ご指導』とは、あんたもずいぶん殊勝だなぁ」

おしのは笑顔のまま、深々と頭を下げた。

「今後とも、どうぞよろしくお願いいたします」

「おう」

辰三は機嫌顔で手酌した。

「しっかり頑張りな」

「はい」

おしのは一礼して、帰った客の膳を下げにいく。

ちはるが食事処を見回すと、階段の下に孫兵衛の姿が見えた。にこにこしながら、おしのの姿を目で追っている。

孫兵衛は次に、下足棚のほうへ顔を向けた。綾人が泊まり客と話している。近隣の名所を描き入れた絵図を客の前に広げ、何か説明していた。客は時折相槌《あいづち》を打ち、熱心に耳を傾けている。

孫兵衛は嬉しそうな笑みを浮かべながら綾人と泊まり客を見て、うんうんとうなずいた。自分が出した案の通りに事が運んで、きっと満足しているのだろう。

孫兵衛は客としての立場を超えて、朝日屋を見守ってくれている――ちはるは、ありがたく思った。

朝日屋は、ここで働く自分たちが作り上げていくものだと思っている。それは決して間違いではないのだろうが、客に育ててもらうことも多いのだと、改めてしみじみと感じた。

食事処を閉めたあと、入れ込み座敷で伊佐吉の迎えを待っているおしのに孫兵衛が歩み寄った。

「おしのはん、今日はお客さんに褒められはったそうやなあ」

怜治が得意げな顔で孫兵衛の前に立つ。

「あれは以前、うちの手際が悪いってことで、おしのを叱った客なんだ。それが今日は、べた褒めだぜ」

孫兵衛は目を輝かせて手を叩いた。

「たいしたもんや。そういうお客さんは、いったん気に入ってくれはると、きっと長《なご》う通ってくれはるもんなんや。人は人を呼ぶさかい。そのうち友人知人を連れてきてもらえるかもしれまへんで。こないだ話した、うちの若旦さんのお客さんも、どんどん新しいお客さんを連れてきはるようになってなあ」

孫兵衛はにこにこ笑いながら、おしのの前に腰を下ろした。

「おしのはんも気張りや。このままいったら、そのうち、もっとええことがありまっせ」

「はい、ありがとうございます」

おしのは、はにかんだ笑みを浮かべながら一礼した。

ちはるも慎介と顔を見合わせて、にっこり笑う。まるで自分のことのように嬉しかった。

慎介も満面の笑みを浮かべている。

やがて、おしのは賄の入った風呂敷包みを持って、迎えにきた伊佐吉とともに帰っていった。

「さて、おれたちも食べるとするか」

慎介に促され、ちはるは卵を用意した。本日の賄は、油揚げと春菊の卵とじどんぶりである。おしのには重箱に詰めた物を二人前持たせた。

孫兵衛がそわそわとした様子で調理場の前にやってくる。

「ええにおいがするなあ」

孫兵衛は調理台の上を覗き込んでから、ちはるが手にしている卵に目を向けた。

「今日は、お揚げさんと春菊の卵とじでっか」

「はい。卵とじのどんぶりにいたします」

孫兵衛の喉が、ごくりと鳴る。慎介が笑った。

「もしよろしければ、孫兵衛さんも召し上がりますか」

孫兵衛は勢いよく慎介を見る。

「ええんでっか」

慎介がうなずいた。

「孫兵衛さんはすでに夕膳を召し上がっていらっしゃいますので、具だけご用意いたしましょうか」

「おおきに。ぜひ、そうしたってや」

「でき上がりましたら、お二階へお運びいたします」

慎介の言葉に、孫兵衛は首を横に振った。

「またみんなと一緒に食べたいわ」

「では、入れ込み座敷のほうでお待ちください」

「おおきに」

朝日屋一同が車座になっているところへ、いそいそと孫兵衛が加わった。

ちはるは小首をかしげる。

「あれっ、綾人がいませんね」

一人だけ姿が見えない。

ちはるの声を聞きつけた怜治が表口を指差した。

「綾人なら、すぐ戻るぜ。同じ通りで、綾人が描いた名所絵図を分けて欲しいって店があってよ。明日の朝すぐに使いたいと頼まれたんで、ちょいと届けにいったんだ」

孫兵衛は感心しきりの表情になる。

「さいでっか。あれは、ようできとりますからねえ。人に道順を説明する時に、自分の店の名前を目印としてちょいと書き足したら、そこの宣伝にもなる」

怜治が孫兵衛に向き直った。

「おかげさまで、客に喜ばれ、近所の者にも喜ばれている。感謝するぜ」

よ」

「おしのことも、本当にありがたいと思っているんだ。おれも改めて学ばせてもらった

怜治は居住まいを正して孫兵衛を見つめた。

「ちょいとおせっかいな思いつきを口にしただけやで」

孫兵衛は頭を振った。

孫兵衛は目を細めて怜治を見つめ返した。

「旅籠の主になって、まだ日ぃが浅いそうでんな。あせることはありまへんで。誰もがみんな、一生修行やさかいね」

「ほな、おまえはどうなんや、孫兵衛」

戸口から聞こえたお国言葉に、一同は振り返った。

険しい顔の若い男が土間に踏み入って、孫兵衛を睨むようにじっと見つめている。

冷たい風が戸の隙間から、ひゅうっと吹き込んできた。

綾人が戸を閉めて、気遣わしげな目で男と孫兵衛を交互に見やる。

「あの、筒美屋の若旦那さんと、すぐそこでお会いいたしまして――」

男は、ずいっと入れ込み座敷の前へ足を進めた。

「作之助と申します。孫兵衛が大変お世話になっとります」

怜治に向かって頭を下げると、作之助は孫兵衛に向き直った。

「楽しそうで何よりや。朝日屋はんでも説教垂れて、ご満悦か」

怜治が片眉を上げた。

「作之助さんよ。うちに来て、いきなり孫兵衛さんに喧嘩吹っかけてんじゃねえよ」

作之助は表情をやわらげた。

「そんなつもりはおまへん。わたしは喜んどるんですわ」

「へえ?」

怜治は、くいと顎をしゃくる。

「まあ、上がんな」

作之助は鷹揚にうなずいて草履を脱ぐと、孫兵衛の隣に腰を下ろした。反対隣に座る怜治を残して、朝日屋一同は少し間を開ける。

賄を出すのは、少し様子を見てからのほうがいいだろうか——慎介に目で問うと、うなずかれたので、ちはるはいったん卵を調理台の上に置いた。

とりあえず孫兵衛と作之助に茶を運んで、ちはるは調理場へ戻る。慎介とともに調理台の前に控えていた。

作之助が朝日屋一同を見回して「すんまへん」と声を上げる。

「孫兵衛の部屋でじっくり話させてもらうつもりやったんやけど、みなさんの前で『一生修行』やなんて言うてる孫兵衛の声を聞いたとたん、ちょいと冷静さを欠いてしまいましたわ。あんまり頭に血が上ってもあきまへんし、ここで話をさせてもらいます」

怜治が苦笑した。

「何だ、やっぱり怒っているんじゃねえか」

作之助は首を横に振った。

「ちゃいます。ただ熱くなっとるだけですわ」

怜治は面白いものを見るような目で作之助を見た。作之助は胸を張ってその視線を受け止めると、孫兵衛に向き直った。

「やっぱりおまえは、商いについて語っとる時が、一番生き生きとしとるなあ」

孫兵衛は戸惑ったように目を瞬かせる。作之助は、ふっと笑みを浮かべた。

「ほんで、動き回っとってこそ孫兵衛や」

作之助は朝日屋一同の顔をゆっくりと見回した。

「みなさんのことは、いつも孫兵衛から聞いとります。みなさんのおかげで、孫兵衛は目ぇ覚ましましたようで」

孫兵衛は怪訝な顔で首をかしげた。

「若、そらどういう意味でっか」

「引退やなんて、何を寝ぼけとったんか知らんけど、寝言は寝て言えっちゅうんや。まったく」

即答した作之助に、孫兵衛は唇を尖らせる。

「何言うてるんでっか。わてみたいに耄碌してきた爺は、今が身ぃを引く潮時ですわ。若かて、そない思いはったから、わてを江戸へ呼ばはったんとちゃいますのんか？　『一度わたしの働きぶりを見にこい』言うて、最後のご褒美に江戸見物をさせよ思て――」

「あほか」

作之助は呆れ返ったような顔で孫兵衛を見た。

「わたしの立派な働きぶりを見せて、もっぺん奮起させたろて思たに決まっとるやろが」

孫兵衛は「えっ」と声を上げた。

「ほな、旦さんとごりょんさんがわてを快う送り出さはったんは――」

「もっぺん孫兵衛のやる気出さしてくれぇいうて、わたしんとこへ文寄越してきたで」

孫兵衛の背中が、ふにゃりと丸まった。

「江戸へ下る東海道は、呉服屋っちゅう舞台から降りる、わての花道かと思うとった……」

作之助は、からりと笑った。

「第二幕へと続く道やったなあ」

孫兵衛は呆然《ぼうぜん》と作之助を見つめて、ため息をついた。

「わての年からしたら、第二幕どころか、第三幕か第四幕やろう」

作之助は顔をしかめた。

「細かいこと言いな。とにかく、人生の新しい幕の始まりやぁいうことやで」

孫兵衛は再び大きなため息をついた。

「この年になって、人生の新しい幕の始まりでっか」

作之助が目をすがめた。

「孫兵衛、言葉には気ぃつけんかい。『この年になって』なんて言うてると、どんどん老け込むぞ。耳から入ってきた言葉は頭の中ぐるぐる回って、考え支配してくんや。背筋も伸ばして、顔上げぇ。ため息もあかん」

孫兵衛の口が半開きになった。作之助は、にやりと笑う。

「昔おまえがわたしに言い続けとったこと、今度はこっちが言うたったで」

「は……はは……」

孫兵衛の口から呆気《あっけ》に取られたような笑い声がこぼれた。

作之助が、ぐいっと孫兵衛の顔を覗き込む。

「このまま引退して、後悔せえへんのか。仕事を辞めたら、おじいちゃんの気力がのうなってまうんやないか、とさとえが心配しとったで」

孫兵衛は目を丸くした。作之助は得意げに胸を張る。

「さとえからも文がきたで。わたしに任しときって返事しといたわ」

孫兵衛の眉尻《まゆじり》が下がる。

「若、いつの間に、わての大事な孫娘と文を交わしとるんでっか」

「文を交わしとるのは、さとえだけとちゃうで」

作之助は帯から下げていた煙草入れを手に取った。煙草入れについている根付をつまんで、孫兵衛の顔の前に掲げる。

それは鯉の根付だった。

「あの人との約束も、まだ守ってへんやろう」

孫兵衛と年の近い女人の、最後の一枚――。

「若い頃、どんな着物を選んだらええのかわからんかったあの人に、孫兵衛は言うたそうやな。『ひと言で花柄と言うても、花にはいろんな色や形がありまっせ。おてんとさんの下で光り輝く花の色や形が、そないに簡単なわけあれへんでっしゃろ』ってな」

作之助の言葉に、孫兵衛は息を呑む。

「おまえにそう言われてから、あの人は、町の景色や季節の移り変わりにじっくりと目を向けるようになったんやて。人と話すことも大いに増えて、変わり映えせえへん思うとった毎日が楽しなったってな」

受け継がれていく心というものを、ちはるは目の当たりにした思いだった。

作之助が、ぐっと孫兵衛に顔を近づける。

「着物選びが好きになったんは、孫兵衛さんのおかげやておっしゃっとったで」

孫兵衛の腰が引ける。逃すかと言わんばかりに、作之助が身を乗り出す。

「約束を守らんまま引退してええんか。その引退は、孫に誇れるもんなんか」

孫兵衛は黙り込んだ。作之助が居住まいを正す。

「江戸まで一人で旅してきたくせに、自分を耄碌爺と言うのはやめて欲しいわ。ほんまに耄碌しとったら、みんなが大坂から出すわけないやろう。うちの両親も、おまえの妻子も、止めるに決まっとるやんけ」

孫兵衛は首の後ろに手を当てた。

「いやあ、まいったで」

「まいる必要はあれへん」

作之助は目を細めて、いたわるような眼差しを孫兵衛に向けた。

「身ぃを引く潮時やとおまえは言うたが、おまえの潮は引いとるんやのうて、満ちとるんとちゃうんか」

孫兵衛が顔を上げる。作之助はうなずいた。

「大坂の店では、若いもんがだいぶ育ってきよった。その邪魔になりたないと、おまえは父に言うたそうやな。せやけど、まだやれるんちゃうか」

「いや、わてはーー」

「葺屋町の火事で焼け出された人たちのために、筒美屋も何かしまひょ言うて飛び込んできたおまえの目は、誰にも負けへんくらい力強かった」

作之助は断言した。

「商人も人やったら、お客さんも人。人の役に立てへんもんは立身出世もできるはずあへんて若いもんに活入れて、自分も懸命に動き回っとったやろう。おまえの足腰は、若いもんに負けへんくらい、まだまだ達者やんけ」

駄目押しとばかりに、作之助は続ける。

「朝日屋はんでもどこでも、ちょいとおせっかいな思いつきを口にしてしまうのは、商いに関することを目にすると、おまえの心がうずうずしてしまうからやろう」

ちはると慎介は調理台の前で大きくうなずいた。入れ込み座敷でも、朝日屋一同がそれぞれにうなずいている。

「ほら、見い」

作之助は得意げに胸を張った。

「みなさん、そない思うてはるようやで」

あんたも何か言ってくれと言いたげに、作之助が怜治を見た。怜治は小さく肩をすくめて孫兵衛に呼びかける。

「どんなに人が育ってこようと、孫兵衛さんが邪魔になってるってことはねえと思うぜ」

孫兵衛はゆるゆると首を巡らせて怜治を見た。

「おれもそうだがよ、人の経験ってえのには限りがある。これまで通りのやり方が通用しねえ時もあるだろうしよ」

怜治は調理場に向かって顎をしゃくった。

「うちの慎介とちはるを見てくれ。慎介は腕のいい料理人で、経験も豊富だが、朝日屋の起死回生を懸けた料理を思いついたのは、ちはるだった」

孫兵衛の目が、ちはるに向く。ちはるは、すっと背筋を伸ばした。

「だが、どんなにいい考えが浮かんだって、ちはるには料理として形にする腕がまだまだ足りねえ。客に出す一品として生み出すには、慎介の技量が絶対に必要なんだ」

孫兵衛の目が慎介に移る。慎介は微笑んで、小さく一礼した。

「つまりよ。二人のうち、どちらかが欠けても、今の朝日屋の味にはならねえんだ」

孫兵衛は怜治に目を戻した。その視線をまっすぐに受け止めて、怜治は笑う。

「で、どうなんだ。あんたは呉服屋の仕事が好きなんだろう？　もっと続けたいんじゃねえのかい」

「せやけど、周りの足を引っ張るようになっては……」

「そいつは筒美屋さんが決めるこったろう」

怜治は作之助に向かって顎をしゃくった。作之助がうなずく。

「何べんも言うてる通り、筒美屋はまだ孫兵衛を必要としてる。おまえの経験を活かして、新しい物を生み出していく若いもんの仕事を助けてやってくれ。一緒に生み出してやってくれ」

孫兵衛は膝の上で拳を握り固めた。

「新しい物を生み出す……わてが、これから……」

作之助は身を乗り出して、孫兵衛の拳に手を重ねた。

「これまでにない着こなしを考えて薦めれば、大坂中のもんを夢中にさせる流行を生み出せるんとちゃいますか——おまえは、わたしにそう言うたな。忘れたやなんて言わせへんで」

作之助の気迫のこもった眼差しに、孫兵衛はこくこくとうなずいた。

「着物は心を満たす物——せやったら、人の心を浮き立たすような着物を作って、日本中に流行らせてみぃ。年の心配はすな。今ある古い物やって、昔の新しい物やさかいな」

古びたような色柄も、昔を知らない若い者たちの目には、見せ方ひとつで斬新な物に映るだろう。そして昔を知る世代の者たちは、懐かしい思い出を彷彿《ほうふつ》させる物と感じるだろう。売り物になるか否かは、その塩梅《あんばい》にかかっている、と作之助は熱く語った。

「古過ぎてもあかん、新し過ぎてもあかんのや。せやから、若い衆と孫兵衛の意見を混ぜ合わせることが大事になってくんねん」

孫兵衛は爛々《らんらん》とした目で作之助の顔を見つめた。

「ほな、わては——」

作之助は孫兵衛を見つめ返してうなずいた。

「死ぬ間際まで、着物の見本帳でも抱いとってや」

孫兵衛はぶるぶると両肩を震わせた。

「若、そら、わての長年の夢や……」

作之助は孫兵衛の肩をそっと抱き寄せた。

「知っとる」

孫兵衛は作之助の胸に顔をうずめて男泣きした。孫兵衛の背中をさする、作之助の目からも涙が溢れている。

しばらくして、すんと鼻をすすりながら孫兵衛が顔を上げた。

「みなさん、お腹が空いたやろう。わてらのせいで、晦が遅うなってしもたな」

慎介が調理場から手を大きく横に振った。

「すぐにできるんで、大丈夫ですよ」

「ほな、わたしはこれで帰りまっせ」

腰を浮かせた作之助の腕をつかんで、怜治が調理場へ顔を向ける。

「酒と、何かつまめる物も用意してくれ」

「いや、わたしは――」

「いいじゃねえか。下戸じゃねえんだろう?」

「ええ、まあ――」

ちはるは慎介とともに手早く支度をした。


食事処で使った人参ときのこの残りを、焦がさぬよう気をつけながら七輪で焼く。

勝手口の脇で夜のにおいを嗅ぎながら、ちはるは七輪から立ち昇ってくる、輪切りにした人参ときのこの甘い香りに気を配った。

炎にあぶられて変わっていく色艶も見逃すまいと、ちはるは目を凝らした。ぱちぱちと炭が燃える音にも耳を澄ます。

鼻だけに頼るなという慎介の言葉を、ちはるはしっかり守っているつもりだ。

だが、もっと感じなければならぬと思った。慎介からは、心も使えと言われている。

心――。

先ほどの入れ込み座敷でのやり取りが、ちはるの頭によみがえる。

料理と着物はまったくの別物だが、よい物を生み出そうとする心にさして違いはないのだと、改めて感じた。

ほんのり香ばしい焼き色をつけて火が通った人参ときのこを皿に載せて、ちはるは調理場へ戻った。慎介が仕上げた卵とじは、すでに入れ込み座敷へ運ばれている。

車座になってくつろぐ一同の姿を見ながら、ちはるは先日、孫兵衛から言われたことを思い出した。

——伝統を大事にしながら、新しい料理を作り出したってや——。

それは技だけにとどまる話ではなく、心の在り方の話でもあるのだ、とちはるはつくづく思った。

並んで座る孫兵衛と作之助の笑顔が、それを物語っている。

ちはるは慎介に目を移した。

自分も、しっかりと慎介の心を受け継いでいきたい。そして、いつか、まだ見ぬ誰かに、自分が教えてもらったことを手渡すことができれば——そうなれるように、料理の道を歩み続けていきたい、とちはるは強く願った。そのためには、自分を磨き続けていかねばならない。

今はただ、日々の努力を重ねるだけで精一杯だが、いつか年老いて包丁を握ることができなくなる日が訪れるまで、努力を続けていくのだ。

千里の道も一歩から始まる。その果てしない道のりに、名も知らぬ数々の料理人たちが、古今東西延々と連なっているのだ。

「お待たせいたしました。人参ときのこを焼いた物です。きのこは、椎茸と平茸になります」

塩を添えて出せば、みな焼き立てにさっと箸をつける。

「むうっ――」

人参を食べた孫兵衛が、はふはふと口を動かした。

「焼いただけやのに、何でこないに、ほっくりと甘いんや。塩だけで食べるのが、こないに美味いなんて」

作之助は椎茸を頰張りながら何度もうなずいている。

「今まで、焼いた椎茸には醬油を垂らして食べとったけど、塩もええなあ。ふっくら肉厚で、たまらんわ」

人参に続いて平茸を口に入れた孫兵衛が唸る。

「風味がええんや、風味が」

「おう――この卵とじも、めっちゃ美味いやん」

孫兵衛も作之助に負けじと、卵とじの器に手を伸ばした。

「うーん、お揚げさんからじゅわりと染み出るつゆの味が最高やな。江戸は味つけがしょっからいて聞いとったんやけど、朝日屋はんの料理はしっかり食材の味を感じられるようになっとる。つゆが染みた春菊と卵も美味いなあ」

作之助が酒を飲みながら同意した。

「わたしも江戸へ来たばっかりの頃は、店で食べる料理が塩辛《しおから》う感じてしんどかったけど、朝日屋はんの料理はなんぼでもいける。通いたなるわ」

「ぜひ通ってくれよ」

怜治が作之助の杯に酒を注ぎ足す。

「筒美屋さんとうちは近いことだし、今後ともよろしく頼むぜ」

「こちらこそ、よろしゅう」

作之助は怜治に酒を注ぎ返しながら、一同の顔を見回した。

「今日は孫兵衛が引退を取りやめた、めでたい日ぃや。みなさんも一緒に祝杯を挙げてくれへんか」

怜治が「うっ」と短いうめき声をあげる。ちはるの隣に座っている慎介と綾人が、びくりと身を強張らせた。たまおは困ったような笑みを浮かべ、おふさはあからさまに顔を引きつらせている。

ふと、作之助がこちらを見た。

「ちはるさん、下戸とちゃうやろ？　料理人なら、料理に酒を使うこともあるやろう」

慎介が勢いよく、ぶるぶると首を横に振った。

「料理で使うといっても、火にかければ酒は飛んじまいますからねえ。それに、こいつは茶碗一杯以上飲んじゃいけねえ体なんで」

作之助は首をかしげた。

「茶碗一杯以上？」

「そう、そう！　そうなんだよ」

怜治が大声を上げて、作之助の気をそらした。

「とにかく、一番祝杯を挙げてやらなきゃならねえのは、あんただ。こっちのことは気にしねえで、どんどん飲みな」

作之助は怪訝そうな顔をしながらも、怜治に勧められるまま酒に口をつけた。

「ぐいっと、ぐいっと、もう一杯。ほら、孫兵衛さんも飲んでくれよ」

「おおきに」

ちらりと隣を見れば、慎介が大げさに顔をしかめて首を横に振っている。

失態を犯して、孫兵衛さんのめでてえ日に水を差しちゃならねえぞ――慎介の目は、そう諭している。

ちはるはうなずくと、飲みたい気持ちを抑えて卵とじどんぶりの残りを頬張った。

孫兵衛はもうしばらく江戸に滞在することとなった。引退を取りやめたといっても、老齢に変わりはなく、これが最後の長旅になるかもしれないので思う存分に江戸を楽しむのだと意気込んで、毎日のようにあちこち出歩いている。

筒美屋の江戸店で働く若い衆の様子も、しっかり見守るという。

「いずれ大坂の本店を支えてもらいたいもんもおるからねえ」

調理台の前で話を聞いていた慎介がうなずいた。

「孫兵衛さんがお認めになった方でしたら、まず間違いないでしょう」

「間違《まちご》うとったら、今度こそほんまの耄碌爺になってまう」

かかかと高笑いして、孫兵衛は表口へ向かった。今日も筒美屋へ寄ってから物見遊山に出かけるのだという。

下足棚の前で待っていた綾人が、さっと草履を出した。

「おおきに。今日は昼に蕎麦でも食べてから、不忍池《しのばずのいけ》のほうへ回ろ思うてますねん。弁天堂を見とこ思うてな」

綾人はにっこり微笑んだ。

「それはよろしゅうございますね」

孫兵衛は折り畳んだ絵図を懐から取り出して、綾人の前に広げる。

「どっか美味い蕎麦屋はあるかね」

綾人は絵図の一点を指差した。

「馬喰町一丁目の笹屋という店で食べた鴨南蛮が美味しゅうございました」

「ほう、鴨南蛮」

「鴨と葱が入った、温かい蕎麦でございました。葱や唐辛子を入れて煮た料理を南蛮煮と呼ぶそうですが、鴨南蛮は南蛮煮をもとに生み出された蕎麦だそうでございます」

「へえ」

孫兵衛は絵図を覗き込んだ。

「大坂では、葱使《つこ》て煮た料理を『難波煮《なんばに》』言うんや。葱は、難波いうとこのが有名やからね」

綾人が指差したところを凝視して、孫兵衛は唸る。

「難波煮と鴨南蛮は、どこがどうちゃうんやろか。南蛮っちゅうからには、鴨南蛮は異国風の蕎麦なんやろか？」

孫兵衛は絵図を折り畳んで懐にしまった。

「よっしゃ、食べいってみよ」

筒美屋よりも先に笹屋を目指す勢いで、孫兵衛は出かけていった。

相変わらずの好奇心だ――と思いながら、ちはるは蕗《ふき》の薹《とう》の下ごしらえをしていた。黒ずんだ根元を切り落とし、汚れている外皮を取りのぞいていく。ひとつずつ丁寧に下ごしらえを終えた物から、水に晒《さら》していった。

水に浮かんだ蕗の薹の、ころんとした姿がとても可愛らしい。淡い黄緑色が、まさに春の色に見えた。指先が触れた水もぬるんでおり、もうすぐさまざまな花が咲く頃だと実感する。

「日の出大福に代わる春のお菓子を、また考えなくちゃいけませんね。今度は、どんなのがいいでしょうか」

「うん……そうだなあ……」

あさりのむき身に味をつけていた慎介だが、返ってきた言葉は歯切れが悪い。

「どうかしましたか？」

慎介に限って味つけに失敗などないと思いながらも、ちはるは一瞬不安になった。年が明けて春になったとはいえ、まだ寒い日も多い。朝晩の冷え込みなどで、右腕の古傷が痛んでいるのだろうか――。

顔を覗き込めば、慎介は「心配するな」と言うように笑みを浮かべた。

「いや、孫兵衛さんをお見送りするために出ていった綾人が、まだ戻ってこねえなと思ってよ」

ちはるは表口のほうへ顔を向けた。

「本当だ。どこにも姿が見えませんね」

表口の前で頭を下げて見送ったら、すぐに中へ戻ってくるはずなのに。

何かあったのだろうか――と思っているところへ、綾人と誰かの話し声が聞こえてきた。

「男のお客さまと相部屋にするような真似は決していたしませんので、どうぞご安心ください」

「ああ、よかった。旅籠に泊まるなんて初めてなもので、いろいろ心配していたんですけどね。朝日屋さんなら飯盛り女もいないし、女の料理人もいるから大丈夫だって、この近所で聞いて――」

「さようでございましたか。さ、中へどうぞ」

綾人に促されて暖簾をくぐってきたのは、ほっそりとした一人の女だった。風呂敷包みを背負った旅姿だ。手拭いを姉さんかぶりにして菅笠《すげがさ》を持ち、手には手甲《てっこう》、足には脚絆《きゃはん》をつけている。

「お泊まりのお客さまでございます」

綾人が二階へ向かって声を上げる。客室を整えていた、たまおとおふさが足早に下りてきた。二人とも、女客を見て「まあ」と華やいだ声を上げる。初めての女客に、喜びを隠せない様子だ。

女は草鞋《わらじ》を脱ぐと、綾人が運んできた盥の湯で足をすすいだ。

その姿に、ちはるの胸も弾む。

女一人でも安心して泊まれる宿だと、近所の者が薦めてくれたことが嬉しい。そして実際に、こうして来てくれるなんて感激だ。

たまおに案内されて二階へ上がっていく女客の後ろ姿を見つめながら、ちはるは今日も美味しい料理を作ろうと気合いを入れた。

旅の不安を吹き飛ばし、心がなごんで、浮き立つような――女客にも喜んでもらえる、美しく美味しい料理を作りたい。

曙色の暖簾がうなずくように、風で小さくひらりと揺れた。

ふと、日の光に照らされた満開の花畑がちはるの頭に浮かぶ。

日の出大福の次の菓子は、花を模した物がいい、とちはるは思った。

淡く柔らかで、優しい色合いの花――ぽかぽかと暖かい陽気が恋しくなるような――。

春の花々を思い浮かべながら、ちはるは蕗の薹の下ごしらえに戻った。

第四話　朝桜

「おかげさまで、よく眠れたわ」

階段の上から聞こえてきた女の声に、ちはるは顔を上げた。

「上げ膳据え膳で、のんびりさせてもらいましたよ。ご飯も本当に美味しかったし」

ほっそりとした女が階段を下りてくる。昨日やってきた朝日屋初の女客、のぶよだ。階段の下にいるおふさに向かって微笑んでいる。

おふさは「ありがとうございます」と声を上げた。

「今日お出かけになる場所を絵図でご案内いたしますので、こちらでお待ちくださいませ」

「ええ、ありがとう」

のぶよは促されるまま入れ込み座敷に腰を下ろした。おふさが綾人を呼ぶ。

「本銀町《ほんしろがねちょう》二丁目の丸屋《まるや》さんの場所を教えてさしあげて」

綾人はうなずくと、絵図と筆を手にしてのぶよに向かい合った。

「瀬戸物屋の丸屋さんでございますね。朝日屋からの道筋は――」

のぶよは真剣な表情で、絵図を広げて説明する綾人の手元を覗き込んでいる。

宿帳をつけるため客室を訪れた怜治が聞いたところによると、のぶよは知人に会うため葛飾《かつしか》から江戸へ出てきたという。葛飾では、柴又帝釈天《しばまたたいしゃくてん》の名で親しまれている経栄山題経寺《きょうえいざんだいきょうじ》という寺の近くにある茶屋で働いているそうだ。

「わたしの知り合いは、この丸屋さんの近くに引っ越したっていうんですよ」

のぶよは絵図を見つめて、昔を懐かしむように目を細めた。

「もう何年も会っていないから、すぐにわかるかしら……」

まるで赤子の頭を撫でるように絵図の上にそっと手を当てると、のぶよは立ち上がった。

「それじゃ行ってきますね」

折り畳んだ絵図を胸に抱くようにして、表へ出る。

「行ってらっしゃいませ」

綾人が見送りに出た。

曙色の暖簾がひるがえる先にあるのは、日の光が差す明るい通りだ。町をゆく人々の楽しそうな笑顔も見える。

のぶよと知人の再会がよく晴れた日でよかった、とちはるは思った。

日が暮れる前に帰ってきたのぶよの表情は暗く、足を引きずるようにして暖簾をくぐってきた。

「おかえりなさいませ」

出迎えた綾人が心配そうに、のぶよの顔を覗き込む。

「いかがなさいましたか。お加減が悪そうに見えますが、お疲れになりましたか？」

のぶよは虚ろな目を綾人に向けた。

「え……何ですか？」

何を言われたのかまったくわかっていない様子だ。綾人はもう一度、気遣わしげな声で
「いかがなさいましたか」とくり返した。

のぶよはぼんやりした表情でうなずく。

「ちょっと……会えなくてね……」

綾人の顔が強張る。

「お出かけになってからずいぶん時が経っていますが……絵図がわかりづらかったのでしょうか」

のぶよは首を横に振った。

「そうじゃないの。丸屋の場所は、すぐにわかったんだけど――」

綾人は小首をかしげた。

「では、お留守だったのでしょうか。それとも、お知り合いがまたお引っ越しされていた

とか――」

のぶよは顔をゆがめた。

階段の近くで様子を見守っていた、たまお、おふさ、おしのの三人が顔を見合わせる。

のぶよは拳を握り固めて、ぐっと唇を引き結んだ。

しばし沈黙する。泣くのをこらえるように、唇が震えていた。

たまおがのぶよに歩み寄り、そっと背中に手を当てる。

「お部屋でお休みになられたほうがよろしいかと存じます。すぐにお茶をお持ちいたしますので」

のぶよはこくりとうなずいた。そして頭の重みに突然耐えられなくなったかのように、そのまま土間にしゃがみ込んでしまう。

「大丈夫ですか⁉」

たまおとおふさが二人がかりで支える。入れ込み座敷の上がり口に腰かけさせると、綾人が草鞋を脱がせた。

「すみません……」

のぶよは両手で顔を覆った。静かに泣いているようだ。

しばらくすると、のぶよは袂《たもと》から手拭いを取り出して顔を拭った。自分に気遣わしげな目を向けている朝日屋一同の顔を見回すと、自嘲めいた笑みを浮かべる。

ている」

「もう大丈夫です」

「そいつはどうかな」

いつの間にか下りてきていた怜治が、のぶよの前にしゃがみ込んだ。

「朝日屋は一陽来復の宿だ。暗い顔で入ってきた者も、出ていく時にはみんな笑顔になっている」

怜治は入れ込み座敷の隅を指差した。

「あの衝立《ついたて》を見な」

曙色の大きな日輪が描かれている。

「緑陰白花って絵師が描いたのさ」

のぶよはじっと衝立の中の日輪を見つめた。

「やつは言っていたぜ。あの絵は、朝日屋を訪れた客たちが入れ込み座敷に集って初めて完成するんだってな」

――夜が明けぬ時でも、暴風雨の時でも、日輪はいつも朝日屋とともにある。曙色の暖簾が目印の旅籠に泊まれば、きっと運が開ける――。

「そう言って、やつも笑顔で旅立っていった」

怜治の言葉に、のぶよは肩を震わせる。

「おてんとうさまは、いつも……」

怜治は大きくうなずいた。

「何があったか話したくなったら、いつでも言ってくんな。おれたちにできることがあれば何でもするからよ」

のぶよは大きく体を折り曲げると、膝に顔をうずめるようにして嗚咽《おえつ》した。

怜治は目を痛ましげに細める。

「まあ、今はゆっくり休みな。しばらく部屋で横になってるといいぜ」

怜治は立ち上がると、階段へ向かった。のぶよが顔を上げる。

「待ってください」

怜治は振り返った。のぶよがじっと怜治を見つめる。

「わたし……」

のぶよは声を詰まらせる。

怜治がたまおに顔を向けた。

「茶を淹れてきな」

「はい」

たまおは足早に調理場へ入ってくると、茶の支度をした。

怜治は入れ込み座敷の真ん中へ腰を下ろす。

「のぶよさんも、こっちに来な。何か甘い物でも食おうぜ」

怜治は慎介を見た。慎介がうなずいて、すぐに日の出大福を用意する。

たまおが茶と大福を二人分運んでいった。

のぶよが日の出大福を見て「まあ」と声を上げる。

「やっぱり綺麗……昨夜食べた時も、本当に美味しかったですよ」

しばし日の出大福に見入ってから、のぶよは菓子楊枝を手にした。怜治は菓子楊枝を使わずに、日の出大福を手でつかむと、そのままばくりと頬張った。

二人は無言で日の出大福を食べ進める。

ちはると慎介は調理場から様子を見守っていた。たまお、おふさ、おしの、綾人の四人は入れ込み座敷の前に並んで控えている。

日の出大福を食べ終えると、のぶよは茶に口をつけた。こく、こくと飲み進めるうちに、のぶよの肩が大きく下がっていく。菓子の甘さと熱い茶に、張り詰めていた心がゆるみ、体の力も抜けたようだ。

やがてのぶよは湯呑茶碗を膝の前に置くと、居住まいを正した。

「聞いていただけますか」

怜治がうなずく。のぶよは思い詰めた表情で口を開いた。

「今日、知り合いに会いにいくというのは嘘《うそ》ではなかったんですけど——向こうは、わたしが江戸にいることを知らないんです」

怜治は眉をひそめた。

「丸屋ってえのは？」

「息子の奉公先です。太吉《たきち》っていうんです。年が明けて、十三になりました」

怜治はじっと、のぶよを見つめた。

「あんた、もとは江戸にいたのかい」

のぶよは「はい」と答えながら、うつむいた。

「呉服町《ごふくちょう》で田中屋《たなかや》という草履屋を営んでおります、源太郎《げんたろう》という男の女房でした」

のぶよの声が悲しげに響く。

「跡継ぎとなる太吉を産んで、安泰に暮らせると思っていたんですが――源太郎が、よそに女を作りまして。わたしは三行半《みくだりはん》を突きつけられました」

跡継ぎを産めば用済みだと言わんばかりに、非情にも追い出されたのだという。

「その時、太吉は六つでした」

おっかさん行かないでと泣いて追いすがろうとした太吉の手が、のぶよに届くことはなかった。源太郎は奉公人に命じ、太吉を家の奥へ連れていかせたのである。

そして、のぶよは無理やり駕籠に載せられて、実家へ帰された。

「お舅さんも、お姑《しゅうとめ》さんも、源太郎の心をしっかり繋ぎ止められなかったわたしが悪いのだと言いました」

亭主の心がもう戻らないことはよくわかっていた。だから去るしかなかったのだ、とのぶよは語った。

「心残りは太吉だけ――けれど、跡継ぎのあの子を向こうが手放すはずはありません」

実家は兄夫婦が継いでいるので、身を寄せても肩身が狭い。少し落ち着いたら、生きていく手立てを探して、出ていかねばならないだろう。

女手ひとつで育てるよりも、生まれ育った家で何不自由なく暮らし、いずれ草履屋を継ぐことが太吉のためだと、のぶよは自分に言い聞かせたのだ。

「まさか太吉も家を出されていたなんて、夢にも思わなかったんです」

それを教えてくれたのは、かつての婚家に勤めていた女中だったという。

長年、田中屋に奉公していたその女は老齢のため暇をもらい、これから里へ帰るところだと言って、三日前に突然のぶよを訪ねてきた。わざわざのぶよの実家まで行って、居場所を聞いてくれたのだという。

「わたしが嫁ぎ先を追い出された時に何の力にもなれなかったことを、七年もの間ずっと悔やんでいたのだと言ってくれました。時折わたしを思い出しては、胸を痛めてくれていたそうです」

元女中は、のぶよが幸せに暮らしていることを知ると、涙を流して喜んだ。

「今勤めている茶屋の主と、一緒になることが決まったんです」

実家に身を寄せたのぶよは兄嫁に遠慮して、すぐに葛飾へ移り住んでいた。親類の伝手を頼り、茶屋で住み込みの仕事を得たのである。

「並木屋《なみきや》といって、けっこう大きな店なんですよ。柴又帝釈天へお参りにくる人たちで、いつも賑わっているんです」

のぶよは声を震わせた。

「太吉と同じ年頃の子供が親に連れられて店に来ると、あの子は今頃どうしているんだろうかと、いつも思って――」

元女中の姿を見た時、真っ先に浮かんだのは太吉の顔だったが、もし太吉が自分のことを忘れて新しい母親に懐いているという話をされたら耐えられないと思った。だから開口一番に太吉のことを聞けなかったのだという。

「向こうも、太吉の話をしていいものか測りかねているような顔をしていました。それで、てっきり、太吉は源太郎の後妻とうまくやっているものだと思ってしまったんです」

自分を追い出したあと、源太郎がよそに作った女を後妻に迎えることは容易に想像できたと、のぶよは苦笑した。

「太吉の幸せを思えば、新しい母親と上手くやっているほうがよかったんですけど……心の持ちようは、難しいですね」

元女中の話によると、源太郎の後妻となった女は最初から太吉に冷たかった。田中屋に入った時すでに身籠っていた女は、とことん太吉を邪魔者扱いしたのである。

──あたしの産んだ子供が男だったら、その子が田中屋の跡継ぎだよ──。

後妻が太吉と源太郎に向かってそう言うのを、元女中は何度も聞いていた。

そして後妻は男児を産んだのである。

けれど先代の口添えもあり、その時はまだ太吉が跡継ぎだった。翌年に二人目の男児が生まれても、太吉が跡継ぎであることに変わりはなかった。

しかし、後妻が三人目を懐妊した春──九歳になった太吉は突然、丸屋へ奉公に出されてしまったのである。

「後妻はこれ見よがしに大きなお腹を抱えて、源太郎に言ったそうです」

──あたしの産んだ男の子が二人もいるんだから、もう太吉はいらないだろう。今お腹の中にいる子も男だったら、将来どうするんだい。子供みんなに暖簾分けしてやれるほどの甲斐性《かいしょう》が、おまえさんにあるのかい──。

物陰で二人のやり取りを聞いていた元女中は、後妻に詰め寄られて黙り込んでいる源太郎の姿を見たという。そして後妻が意地悪い声で続けたのを聞いたのだ。

──同じ腹から生まれた兄弟なら、仲よく店をもり立てることもできるだろうけど、太吉には無理だよねえ──。

その言葉が決め手となったらしい。何日もしないうちに、源太郎は太吉を奉公に出した。

「太吉を連れて、ちょっと出かけてくると言って、それっきりだったそうです。数少ない太吉の着物は、あとから田中屋の奉公人が届けたそうで」

怜治が眉をひそめる。

「つまり、騙し討ちだったってわけかい」

「おそらくは……」

のぶよは悔しそうに顔をゆがめた。

「丸屋の旦那さんとは、田中屋の先代が懇意にしていたんです。田中屋で使っていた来客用の湯呑茶碗や奥向きの食器は、ほとんどが丸屋から買った物だと聞きました。馴染みの料理屋など、大口のお客さんを紹介してあげたこともあったそうで」

嫁いだ時すでに陶器はそろっていたので、のぶよが丸屋へ買い物にいったり、丸屋の者と話したりしたことはなかったという。

「そもそも、わたしが買い物をすることなんて、めったになかったんです。必要な物は、すべてお姑さんが選んで買っていましたから」

だから太吉が丸屋にいると聞いても、その場所がわからなかったのだ。

「本銀町二丁目だということは、おぼろげに覚えていたんですけど……」

情けないと言わんばかりに、のぶよは拳で腿を打った。

「源太郎は『田中屋のおかげで今の丸屋があるんだろう』と言って、押しつけるように太吉を丸屋の旦那さんに預けたそうです。太吉だって、源太郎の子供なのに」

のぶよの涙声が入れ込み座敷に響く。

「奉公に出すくらいなら、わたしのところへ寄越してもらいたかった――」

のぶよは袖で涙を拭った。

「太吉を追い出したあとに生まれた子供も、けっきょく男の子で。先代も、跡継ぎに関してはもう何も口出ししなくなったそうです。そのあと、さらに女の子も生まれたんで、太吉は本当に邪魔者になってしまったんでしょうね」

四人の子供たちがいる田中屋では、みな太吉など最初から存在しなかったように振る舞っているらしい。

元女中は太吉を不憫《ふびん》がったが、奉公人の分際で主一家の所業に口出しすることなどできなかった。ただ時折、顔馴染みの棒手振に頼んで、丸屋で働く太吉の様子をさりげなく探ってもらっていたのだという。

「せめてもの救いは、太吉が丸屋の旦那さんに可愛がっていただいているということでした」

元女中も、その点にだけは安堵していたようだ。

「ですが先日、葺屋町で火事が起こり、丸屋での太吉の立場が危うくなってしまったそうです」

丸屋の主の妹夫婦が亡くなり、焼け出された子供たち四人が丸屋に転がり込んできたというのだ。

「丸屋は小さな瀬戸物屋です。奉公人も多くはありません」

太吉の様子を陰ながら見守っていてくれた棒手振が心配して、元女中に告げたのだ。

――丸屋の旦那は頭を抱えているそうだぜ。『このままじゃ、食い扶持に困る』ってな――。

血の繋がった甥《おい》たちを放り出すような真似はできまい。であれば、奉公人を減らすのではないか。甥たちに店を手伝わせるのであれば、まず真っ先に年頃の近い太吉の仕事を割り当てるだろう。となると、いの一番に丸屋を出されるのは、やはり太吉ではないだろうか。

それは棒手振の当て推量だったが、実際にそうなるとしか思えないと、元女中はのぶよに語った。

――太吉坊っちゃんが田中屋へ戻れることはないでしょう。藪入りに帰ることも許されなかったんですから――。

もし、このまま遠方の奉公先へ移されることになったら。のぶよと太吉は互いの消息を知らずに、二度と会えなくなるのではないだろうか。

そう危惧した元女中は、暇をもらって里へ帰る途中に葛飾へ立ち寄り、太吉のことをのぶよに話そうと決めたのだという。

「話を聞いたら、居ても立ってもいられなくなりました」

明らかに動揺したのぶよの姿を見て、夫となる男は事情を聞き、すぐに言ってくれたのだ。

――それは心配だ。今から様子を見にいこう――。

「重蔵《しげぞう》さんは、わたしの事情をすべて承知で受け入れてくれたんです。一緒に江戸へ行くと言ってくれたんですが……」

数日前から風邪を引いて咳込んでいた重蔵だったが、江戸へ出るための舟の手配をしたり、店を留守にしても支障が出ないよう用事を済ませたりと、慌ただしく動き回った。

「無理をして、さらに具合が悪くなり、寝込んでしまいました」

重蔵の具合がよくなるまで待っていたら、太吉がどこかへ行ってしまうかもしれない。だから、のぶよ一人で江戸へ来ることにしたのだ。重蔵が布団の中から背中を押してくれたという。

――できることなら、太吉さんをうちへ連れておいで。いずれ並木屋を継がせてもいいんだからね――。

のぶよの子なら、自分の子だと、重蔵は熱で顔を赤くしながら語ったという。

「おっかさんと一緒に葛飾で暮らそう――太吉に会ったら、すぐにそう言うつもりだったんです」

だが、丸屋の前に立った時、のぶよは急に怖くなった。

今の太吉の顔がわからない。

のぶよの頭の中にある太吉の姿は六つのまま、時が止まってしまっている。

七年も放っておいて、今さら何をしにきたのかと責められないだろうか——。

太吉はどんなふうに育ったのだろう。生家を追われ、恨みつらみを抱えて生きてはいないだろうか。

恨んでいるとしたら、太吉はいったい誰を恨む？ 自分を虐げた継母《ままはは》か。かばってくれなかった実父か。それとも、自分を置いて出ていった実母か。

自分が会いにきたことを喜んでくれなかったら——そう思うと怖気《おじけ》づいてしまい、丸屋の中へ入っていけなかったのだと、のぶよは涙した。

「店の外に太吉が出てきやしないかと、ずっと通りに突っ立っていました。太吉らしき姿が見えたら、すぐに声をかけてみようと——」

だが、丸屋に出入りするのは年配客らしき者ばかりだった。買い物客を装って中へ入り、太吉が今どうしているのか主にこっそり尋ねようとも思ったのだが、やはり怖くて足が動かなかったのだという。

「それで、おめおめと逃げ戻ってきてしまいました」

うなだれるのぶよの姿に、ちはるの胸が痛んだ。

のぶよが出かけていってから、朝日屋へ帰ってくるまでの間に、かなりの時が経っている。立ち通しで、足腰が疲れただろう。だがそれよりも、心がくたくたになっているはずだ。

怜治が唸り声を上げる。

「何とかして、のぶよさんと太吉を会わせてやりてえなぁ」

朝日屋一同がうなずく。

「ここはひとつ、おれが――」

「戻りましたで」

突然上がった声に、みなは戸口を振り返った。出かけていた孫兵衛が下足棚の前に立っている。

綾人が孫兵衛のもとへ駆け寄った。

「気づきませんで、申し訳ございませんでした」

孫兵衛は首をかしげて、のぶよを見る。

「どないしたんですか。困り事でっか」

怜治がこめかみをかいた。

「まあ、ちょっとな」

孫兵衛は眉根を寄せた。

「朝日屋はんに限ってとは思うけど、まさか、お客さん泣かせるような真似を――」

「違います！」

のぶよが大きく頭を振った。

「朝日屋のみなさんは、ご親切に、わたしの話を聞いてくれていたんです。わたしが、丸屋に入れなかったから……」

「丸屋？」

孫兵衛が目を見開いた。

「丸屋って、ひょっとして、本銀町二丁目の瀬戸物屋でっか」

今度は朝日屋一同が目を見開いた。

怜治が立ち上がる。

「孫兵衛さん、丸屋を知ってるのかい。筒美屋でも、丸屋から買った器を使っているのか」

「ちゃいます」

孫兵衛は入れ込み座敷へ上がると、のぶよの前に腰を下ろした。怜治も座り直す。

「この前の火事の件では、筒美屋でもちょいと町の力にならしてもらいましたやろう」

家族とはぐれた者たちが筒美屋へ行けば、逃げた先の居場所を言伝することができるようになっていたのだ。

孫兵衛は怜治とのぶよを交互に見た。

「両親とはぐれた兄弟が四人そろって来てな。本銀町に伯父《おじ》さんがおるっちゅうんで、わてが連れていったんや。それが丸屋やった」

丸屋の主は嘉平《かへい》という男で、跡取り息子の紀平《きへい》とともに孫兵衛に応対したという。

「茸屋町の火事で妹一家がどうなったか、嘉平さんも心配していたそうなんや。せやけど行方がわからへんようなったそうでねえ」

「そこへ孫兵衛さんが四人を連れていったってわけか」

孫兵衛はうなずいた。

「嘉平さんも、紀平さんも、子供たちが無事やったことは大いに喜んだはったけど――あとから、妹夫婦が亡くなったとわかってなあ。えろう悲しんではったわ」

孫兵衛はたまおが淹れていった茶を飲んで、ほうっと息をついた。

「火事はほんまに、むごいわ」

「あの……」

思わずといったふうに、のぶよが声を上げた。

「丸屋のお二人は、どんな方たちなんでしょうか。太吉という奉公人を見かけませんでしたか？」

孫兵衛は小首をかしげて、のぶよを見た。

「二人とも、ええ人そうでしたよ。奉公人のことはわかりまへんなあ。お茶を持ってきてくれたのは、ご内儀やったし」

「そうですか……」

のぶよはがっくりと肩を落とした。

孫兵衛が怜治を見る。怜治はのぶよに許しを得てから、先ほど聞いた話を孫兵衛に伝えた。

事情を知った孫兵衛は哀れみのこもった目でのぶよを見ると、大きくうなずいた。

「わてが丸屋はんへ行って、太吉っつぁんの様子を聞いてきまひょか」

のぶよは潤んだ目を孫兵衛に向けた。孫兵衛は優しく微笑む。

「わてが連れていった四人のその後を聞きがてら、太吉っつぁんのことを話してみるのがええんとちゃいますか」

怜治が膝を打つ。

「孫兵衛さん、頼めるかい」

「もちろんやで」

のぶよはすがるように両手を合わせた。

「どうか、何とぞ――」

　のぶよは孫兵衛を拝んだまま、深々と頭を下げた。孫兵衛は自分を鼓舞するように胸を叩く。

「任しとき。何が何でも、のぶよはんと太吉っつぁんを会わしたるさかい」

　ちはるも思わず調理場から、孫兵衛に向かって両手を合わせた。


　翌日さっそく、孫兵衛は丸屋へと出かけていった。

　朝日屋一同とともに見送ったのぶよは落ち着かない様子で、二階の客室で取った昼膳も半分ほど残していた。

　ちはるは器を片づけながら、のぶよの心中をおもんぱかった。

　きっと今頃は、太吉のことで頭がいっぱいに違いない。不安で胸が押し潰されそうなのだろう。

　やがて孫兵衛が戻ってくると、その声を聞きつけたのぶよが二階から駆け下りてきた。

「あのっ、太吉は――」

　下足棚の前にいた孫兵衛は感慨深げな表情で、のぶよの顔を見つめる。

「会《お》うてきたで。のぶよはんと目元がよう似とった」

「ああ……」

　悲鳴のような声を上げながら、のぶよは両手で顔を覆った。

怜治が二人を入れ込み座敷へ促す。たまおが茶を運んだ。

朝日屋一同が見守る中で、孫兵衛はのぶよに語り始める。

「丸屋の嘉平さん、前も思たけど、ほんまにええお人やね。親身になって事情を聞いてくれはったで」

太吉の実母が朝日屋にいると知り、とても驚いていた嘉平だが、田中屋の元女中の動きを知ると、さもありなんと納得顔になったという。

「丸屋はんに出入りしとる棒手振が、それとなぁく太吉っつぁんの様子聞いてくんのに気づいてはったそうでね」

いつも棒手振の相手をしている妻から話を聞いていた嘉平は、田中屋にも太吉を心配し続けている奉公人がいるのだと感心して、問われるままに太吉の話をしてやれと妻に告げていたのだという。

「嘉平さんは、のぶよはんと太吉っつぁんが受けた仕打ちにえらい同情してましたで」

四年前、源太郎は突然太吉を連れてやってきて、丸屋で奉公させてくれと言ったという。

嘉平は驚きのあまり言葉を失った。田中屋の先代とつき合いのあった嘉平も、太吉が虐げられているという話は耳にしていたが、まさか前妻に続いて跡取り息子まで追い出されるとは思っていなかった。

源太郎は太吉の背中を強く押して、口早に告げた。

――こいつも、もう九歳だ。読み書き算盤もじゅうぶんにできるから、きっと丸屋の役に立つだろう――。

「そら将来、太吉っつぁんが田中屋を背負うて立てるよう仕込んだはったんやろて、嘉平さんも思うとったそうやで」

のぶよは手拭いで目元を押さえながらうなずいた。

「太吉っつぁんの居場所はもう田中屋にあれへんのやな思うたら断れなんだて、嘉平さんは言うてはった。もし嘉平さんが断っても、源太郎さんはまた別の奉公先を探すやろ。もし奉公人に厳しい店にでも行ってもうたら、太吉っつぁんがかわいそうや思いはったんやて」

丸屋の者たちは、できる限り優しく太吉に接したという。太吉はとても賢く、人の話を素直に聞く子供だったので、みなで可愛がった。

「丸屋の跡取りの紀平さんも、太吉っつぁんを弟のように思うてはるそうでね」

いずれ紀平が丸屋を継いだあとは、太吉も一緒に店をもり立ててくれればいい――いや、太吉にはいずれ暖簾分けをして、小さくとも自分の店を持たせたほうがいいか――嘉平はそんなことまで考えていたのだという。

孫兵衛の話を聞きながら、のぶよは何度も目元を拭っていた。

「せやけど、今は妹の子供たちの面倒も見てやらなあかんようになって」

嘉平は頭を抱えているという。

田中屋の元女中と棒手振が危惧した通りだった。

いきなり四人分も食い扶持が増えては、やはりきつい。といって、血の繋がった甥たちを路頭に迷わせるわけにはいかない。だが、長年しっかりと勤めてくれた奉公人たちに暇を出すこともできない――。

「もし太吉っつぁんがのぶよはんに引き取られて、それで幸せになれるんやったら言うことなしやと、嘉平さんは言うてはりましたで」

のぶよは床に手を突きながら、孫兵衛に向かって身を乗り出した。

「太吉を葛飾へ連れて帰ります」

孫兵衛がうなずく。

「それが一番ええやろうな。まずは太吉っつぁんとご対面しまひょか」

のぶよはごくりと唾を飲んだ。孫兵衛が優しく目を細める。

「大丈夫。太吉っつぁんは人を恨むような子やないそうでっせ」

のぶよは居住まいを正した。

「では、これから丸屋さんへ――」

「ちょい待ち。太吉っつぁんには、まだのぶよはんがここにおることを知らしてへんのや」

　のぶよは虚を衝《っ》かれたような顔になる。

「太吉っつぁんに会うた言うても、今日のところは嘉平さんの客として店に顔を出して、少ぉし姿を見ただけやからね」

「そうですか……」

　のぶよは気落ちしたように目を伏せた。

「のぶよはんに引き取る気ぃがあるかどうか、もっぺんしっかり確かめてから太吉っつぁんに話したほうがええと、嘉平さんがおっしゃってな」

　怜治が感心したようにうなずく。

「ぬか喜びになっちゃいけねえからな」

「そうなんですわ。嘉平さんは、ほんまに太吉っつぁんのことをよう考えとってくれはる」

　孫兵衛は「それに」と続けた。

「のぶよはんが丸屋に出入りするんは、まだあまり他人目につかんほうがええ思うで。源太郎さんの耳に入って、機嫌を損ねる羽目になったら、あとあと難儀なことになるかもしれへん」

　源太郎が太吉を家から出す時に、のぶよに報《しら》せることはいっさいなかった。別れた妻への体裁を気にしたのだろう、と孫兵衛は語った。

「世間の目ぇも多少は気にしとるみたいやな。嘉平さんの話によると、源太郎さんは、太吉っつぁんが弟たちをいじめて往生しとるから、仕方のう丸屋にやったちゅう話にしとるそうなんや」

「何ですって⁉」

のぶよが気色《けしき》ばんだ。

「自分たちの都合で太吉を捨てておいて、よくもそんな――」

「たいていの人は信じてへんっちゅう話やさかい、安心したってや」

だが、のぶよは顔を強張らせたままだ。

それはそうだろう、とちはるは思う。のぶよにしたら、ほんのわずかでも太吉のことを誤解されたくはないだろう。

孫兵衛はため息をついた。

「源太郎っちゅう人は、目先のことしか考えられへん、器の小さな男でんなあ。強い者に弱うて、ころころ意見も変えるそうやあらへんか」

だから源太郎に会う時は、のぶよが太吉を引き取る手はずを整えたあと――身元のしっかりした立会人をつけて、念のため源太郎に一筆書かせておいたほうがいい、と孫兵衛は断言した。

「人の不幸を考えるようなこと言いたないけど、万一、田中屋の子供たちが次々亡くなりでもしはって、太吉っつぁんを返してくれとか都合のええこと言うてきたらどないしまっか」

　怜治が唸る。

「江戸は火事が多い――いっぺんに大勢が死ぬこともありうるからな」

　孫兵衛は大きくうなずいた。

「世の中何が起こるかわからへん。せやから念には念を入れときまひょ。立会人は、うちの若旦さんでもええし、若旦さんがいつも付届けを弾んどる町方の旦那にお出ましいただいてもええですわ」

「ありがてえ」

　怜治が頭を下げた。

「なあ、のぶよさん、ここはひとつ孫兵衛さんに頼らせてもらおうぜ」

　のぶよは孫兵衛に向かって両手をつくと、床に額をすりつけた。

「お願いいたします。どうか、お力をお貸しくださいませ」

「ちょっと、何をやっとるんでっか。頭を上げてくれや」

　孫兵衛も両手を床について、のぶよの顔を覗き込んだ。

「袖振り合うも多生の縁っちゅうやろう。わてだって朝日屋はんでやり直すことを決めたんやさかい、のぶよはんもいけまっせ」

のぶよが顔を上げる。孫兵衛はにっこり笑った。

「わてに任しときなはれ。のぶよはんは太吉っつぁんと一緒に幸せになることだけ考えて『いける、いける』て言い続けるんやで。そしたら、きっとええほうへ話が転がっていくさかいね」

のぶよは涙声で「はい」と答えた。

孫兵衛は丹田に気合いを入れるように腹をぽんと叩いた。

「ほな、もういっぺん丸屋はんへ行ってくるわ」

すっくと立ち上がり、草履を履くと、孫兵衛は勢いよく表へ駆け出していった。


七年ぶりの親子の再会は、翌日の昼と決まった。孫兵衛が太吉を朝日屋へ連れてきて、入れ込み座敷で一緒に昼膳を囲む手はずだ。今回の仲立ち人となった孫兵衛も同席するのは、のぶよと太吉の間にぎこちなさが漂った時への配慮である。

のぶよが丸屋の中へ入れなかったように、太吉もまた、のぶよとの再会に期待と不安を抱いている様子だという。上手く話せる自信がないと、丸屋の兄貴分である紀平に打ち明けていたらしい。

孫兵衛と嘉平が相談した結果、入れ込み座敷で昼食を食べながら話をして、二人の緊張がある程度解けたあとで二階の客室に場を移し、親子水入らずで過ごしてもらおうという運びになった。

ちはると慎介は心を込めて、のぶよと太吉のための膳を作った。

親子の再会を祝う鯛と鮪の紅白刺身、鮑の貝殻を小鍋代わりにした卵とじの貝焼、鴨の杉板焼き、大根と小松菜の煮物、白飯、海老のつみれの澄まし汁――食後の菓子は日の出大福である。

のぶよは落ち着かない様子で、入れ込み座敷と下足棚の辺りを何度も行き来していた。時折外へ出て、丸屋の方角を見つめている。

だが、太吉はまだ来ない。

のぶよはため息をついて、再び入れ込み座敷に腰を下ろした。

たまおが気遣わしげに声をかける。

「お茶でもお淹れしましょうか」

「すみません――」

のぶよが頭を下げた、その時。

「いらっしゃいましたよ」

戸口から表を見ていた綾人が声を上げた。

のぶよは勢いよく立ち上がると、土間へ下りる。そのまま太吉のもとへ駆け出していくのかと思ったが、曙色の暖簾の前でぴたりと足を止めた。肩が小刻みに震えている。

綾人が励ますように、のぶよに微笑みかけた。のぶよがうなずく。

それとほぼ同時に、曙色の暖簾の向こうに人影が立った。

「太吉っつぁん、連れてきましたで」

孫兵衛にそっと背中を押されて暖簾をくぐってきたのは、ほっそりとした色白の少年である。優しげな顔つきで、確かに目元がのぶよによく似ていた。

のぶよが一歩前に出る。

「太吉――」

腹の底からしぼり出すようなのぶよの声が小さく響いた。

太吉は硬い表情で「はい」と答える。わずかにうつむき加減で、のぶよの顔をまともには見ていない。ちはるの目には、太吉が真正面からのぶよの顔を見るのを怖がっているように見えた。

孫兵衛が、ぽんと太吉の背中を叩く。

「ええにおいがするなあ。早《はよ》う中へ入って、美味しいもん食べよ」

「はい」

太吉はぎくしゃくとした足取りで入れ込み座敷へ向かった。孫兵衛は笑顔で太吉の両肩に両手を置くと、歩きながらのぶよに顔を向ける。

「さあさあ、のぶよはんも早う座り。わてはお腹が空いてしまいましたで」

のぶよは太吉のあとを追うように入れ込み座敷へ戻った。

三人で車座になって座ったところへ、たまお、おふさ、おしのが膳を運んでいく。

ちはるは調理場から膳を見送って、心の中で手を合わせた。

朝日屋の四菜は、幸せの「し」――どうか、のぶよさんと太吉さんが幸せになりますようにと祈らずにはいられない。

四という数字は、これまで太吉にとって鬼門のようなものだったのかもしれない、とちはるは思う。田中屋の後妻が産んだ、腹違いの兄弟の人数も四。火事で両親と住まいを失い、丸屋に転がり込んできた子供たちの人数も四。

だが、朝日屋の四菜で、逆境をすべて引っくり返してほしい。

この先は実母のもとで太吉が平穏に暮らせたら――と思いながら、ちはるは入れ込み座敷を見守った。

太吉は緊張の面持ちで汁椀に口をつけている。のぶよは箸も持たず、食い入るように太吉が食べる姿を見つめている。のぶよの眼差しに、太吉の緊張は増しているようだ。張り詰めたような表情で汁椀を置くと、箸が止まってしまった。

孫兵衛が気遣わしげな目で二人を見やる。

「どや、朝日屋はんの料理は美味いやろ」

孫兵衛は明るい声を上げながら、太吉に笑いかけた。

「ちはるさんも、板長の慎介はんも、めっちゃ腕のええ料理人でな。わてはもう毎日の食事が楽しみで楽しみで」

孫兵衛は「なあ」と同意を求めて、のぶよに顔を向ける。のぶよはうなずいた。

「朝日屋さんに宿を決めて、本当によかったです」

まだ料理に口をつけていなかったことを思い出したように、のぶよは箸を手にした。澄まし汁を飲み、卵とじなどを食べて、やっと顔に穏やかな笑みが浮かぶ。

太吉の表情もゆるんできた。ちらちらと母の顔を見ながら、時折目が合うと気恥ずかしそうに、うつむき加減の笑みを漏らす。

孫兵衛が安堵したように目を細めた。

「太吉っつぁん、足りるか？　わての日の出大福も食べてええで」

「はい……ありがとうございます」

礼を述べる太吉の声がやけに硬く聞こえて、ちはるは「おや」と思った。

孫兵衛も戸惑ったような顔になる。

「子供はみんな甘いもんが好きやと思うたんやけど――蜜柑は好きやあらへんかったかな。それとも、もう菓子で喜ぶような年やないか」

太吉は首を横に振る。

「菓子は好きです。たまに丸屋の旦那さんや紀平さんが饅頭《まんじゅう》などを買ってきて、わたしにもくださるんです。蜜柑も大好きです。ただ……」

　太吉は膝の上に両手を置いてうなだれた。

「四年前、おとっつぁんがわたしをここへ連れてきた時にも、食後に出された菓子を自分の分もくれたなあと思い出してしまって……」

　孫兵衛は小首をかしげた。

「四年前にも、ここで食事をしたことがあるんか」

　太吉がうなずく。

「その時は旅籠じゃなくて、福籠屋という料理屋でした」

　その言葉に、慎介が仕切りの前へ行く。入れ込み座敷のほうへ身を乗り出して、太吉の顔をじっと見つめた。四年前の客の中に太吉がいたかどうか、懸命に思い出そうとしている様子だ。

　太吉が、ふと調理場へ顔を向ける。

「あの時は確か、こんなふうに調理場が見えていなかったと思います。畳だった気がするから、もしかしたら二階の座敷だったかもしれません」

　福籠屋の頃は調理場を客に見せない造りだったはずだから、慎介と太吉は顔を合わせていなかったのだろう、とちはるは思った。

「だけど、美味しいって言いながら食べていたことはよく覚えているんですよ」

ちはるは切なくなる。

ちょっと出かけてくると言って父親に連れ出され、そのまま奉公に出された太吉は、丸屋へ行く前に福籠屋で食事をしていたのか。父親との最後の食事を。

美味しいと言いながら慎介の料理を食べている時、太吉はいったい何を思っていたのだろうか。まさか、そのあと丸屋へ連れていかれるとは夢にも思わなかっただろうに。後妻が来てから冷たくなってしまった父親が久しぶりに優しくしてくれると喜んでいたのだとしたら、あまりにもやるせない。

父親に捨てられた日の記憶が、福籠屋の味と結びついているだなんて――。

「おとっつぁんがくれた菓子は桜餅でした」

丸屋まで歩く道すがら、どこかの家の板塀の向こうで桜が咲いているのを見たと、太吉は続けた。

「もうすぐ、また、あの季節になるんですね……」

「今年の桜は葛飾で見ようよ！」

のぶよが喉も張り裂けんばかりの声を上げた。

「おっかさんと一緒に暮らそう。もう苦労なんてさせないから――」

太吉はのぶよに向かって一礼した。

「丸屋の旦那さんから、おっかさんがわたしを引き取りたいと言ってくれていることを聞きました。ありがとうございます。でも……」

　太吉は泣きそうな顔で唇を引き結ぶ。のぶよは太吉に向かって身を乗り出した。

「でも、何だい？　何か不服があるのかい」

「いいえ、不服だなんて、そんな」

「わたしがおまえを置いて家を出たから、ずっと恨んでいたのかい」

　太吉は大きく頭を振った。

「恨んでなんかいません。おっかさんが無理やり家を追い出されたことは、幼いわたしにもわかっていました」

「じゃあ――」

　太吉に向かって伸ばしかけた手を途中で止めて、のぶよは身を震わせた。

「どうして、喜んでくれないんだい……？」

　太吉の表情は暗く沈み込んでいる。のぶよは宙で拳を握り固めると、その手を膝の上に下ろした。

　太吉は目を伏せる。

「喜んでいないわけじゃありません。丸屋では、ご親戚のお子たちも抱えることになりましたし、わたしがいないほうが、のちのちのためにも――」

「おまえのおっかさんが聞きてえのは、そんな話じゃねえよ」

太吉の言葉をさえぎる怜治の声が響いた。

階段の下でなりゆきを見守っていた怜治が悠々と入れ込み座敷に上がってきた。車座になっている三人の前まで来ると、気に食わねえと言いたげな表情でじっと太吉を見下ろす。

「おまえのおっかさんが聞きてえのは、おまえの気持ちだろうが」

太吉は怖々と怜治を見上げる。

「わたしの気持ち……？」

怜治はうなずいた。

「葛飾で一緒に暮らしてえのか、暮らしたくねえのか。おまえがどうしたいのか、その本心を言ってみろ。さっき、おまえは『恨んでなんかいません』と言っていたが、それは本音なのか。綺麗事で取り繕おうってんじゃねえだろうな」

「そんな」

太吉が腰を浮かせる。

「わたしは本当に、おっかさんを恨んでなんか――」

「だが、葛飾へは行きたくねえんだろう？」

お見通しだぜと言わんばかりに、怜治は続けた。

「育ちのためかもしれねえが、周りの目を気にして本音を出さねえ癖がついているんじゃねえのか」

太吉はぺたりと腰を落とした。怜治は目を細めると、太吉の前にしゃがみ込む。

「言ってみな。ここには、おまえの心を傷つける者なんかいねえ」

太吉は肩を震わせた。

「……葛飾へ行ったって、わたしなんか邪魔になるだけなんじゃありませんか」

のぶよが大きく頭を振った。

「そんなこと！」

怜治はのぶよを手で制すと、首を横に振った。のぶよは口をつぐむ。

火鉢で温められた座敷の中で、太吉は寒さをこらえるように胸の前で両手を握り合わせた。

「わたしは田中屋に生まれましたが、おっかさんが追い出されたあと、家の中でずっと疎《うと》まれていました」

痛々しい太吉の声が、ちはるの胸に突き刺さる。生家に居場所がないだなんて、いったいどれほどつらかったことだろう。

「おとっつぁんが女の人を連れてきて『新しいおっかさんだよ』と言ったけれど、おっかさんらしいことなんて何もしてもらえず……新しく生まれた弟たちとは、持ち物から何から差をつけられました」

太吉の話を聞きながら、のぶよはじっとうつむいている。

「丸屋へ連れていかれた時は、おとっつぁんに捨てられたと思いましたが、丸屋のほうが居心地はよかったんです。旦那さんも、紀平さんも、他の奉公人のみなさんも、とても親切にしてくれました。でも……」

四人の甥たちが現れて、丸屋の状況は変わってしまった。

「旦那さんたちは相変わらず優しくしてくれますが、とても困っているのがわかるんです」

このまま自分が丸屋にいると迷惑になる――太吉はそう思ったという。

「いずれ紀平さんの片腕となって丸屋を繁盛させてほしいと言われた時は嬉しくて、わたしもその気になって励んでいたのですが……やっぱり実の身内を差し置いて、奉公人のわたしなんかにこれ以上目をかけていただくなんてことはできませんよね」

太吉は肩を落として、ため息をついた。

「やっと居場所が見つかったと思ったけれど、けっきょく駄目になってしまいました。誰が悪いわけでもない。火事なんだから仕方がない。そう自分に言い聞かせて、あきらめたつもりですが……」

太吉は、すんと鼻をすする。

「また同じことがあったら、きっともう耐えられない。今度は、おっかさんに捨てられたら――」

「捨てやしないよ！」

のぶよは叫んで、今度こそしっかりと太吉に手を伸ばした。にじり寄って太吉の腕をつかむと、飛びつくように抱きしめる。

「もう絶対に、おまえのことを離さないからっ」

のぶよの腕の中で、太吉は嗚咽した。

「だけど……おっかさんには、いい人がいるんでしょう？　その人と一緒になって、その人との間に子供ができたらどうするんです？」

「どうもしないよ。その子も、太吉も、わたしの子じゃないか」

「だけど、田中屋では……」

太吉を抱きしめるのぶよの手に力がこもった。

「おっかさんを信じておくれ。何があっても、おまえを邪魔者にすることなんてないから」

太吉は嫌々と駄々をこねるように頭を振った。

「だけど、おっかさんのいい人は、わたしを邪魔だと思うんじゃありませんか。自分と血の繋がる子供ができたら、誰だって、そっちのほうが可愛いに決まってる」

太吉は泣きじゃくった。

「どこへ行っても、わたしなんかいらない子なんだ。おっかさんだって――おっかさんだって――」

のぶよは太吉を抱きしめたまま、大きく首を横に振った。

「そんなことない……そんなことないよ……おまえは、いらない子なんかじゃない」

「ううっ……」

二人の嗚咽が朝日屋に響いた。

不意に怜治が表口のほうへ顔を向ける。ちはるも釣られて目をやると、曙色の暖簾の下に旅姿の中年男が立っていた。

新たな泊まり客かと、ちはるは慌てる。いったい何の修羅場かと、さぞ困惑していることだろう。

しかし男はまっすぐ入れ込み座敷の前へやってくると、太吉に向かってきっぱりと言い切った。

「太吉さんを邪魔者になんかしないと約束するよ。わたしとのぶよの間には、子を作らなくてもいい」

のぶよと太吉の体がびくりと跳ねた。涙に濡れた顔を上げ、男を見ると、のぶよは悲鳴のような声を上げる。

「重蔵さん……」

一同の視線が男に集まった。葛飾で並木屋という茶屋を営んでいるのは、この男か。

重蔵はのぶよに向かって大きくうなずくと、草鞋を脱いだ。綾人が慌てて用意した盥で足をすすぎ、入れ込み座敷へ上がる。

一同の顔をゆっくり見回すと、重蔵は丁寧に辞儀をした。

「並木屋重蔵と申します、このたびは、うちの者がすっかりお世話になっておりますようで」

怜治が鷹揚に辞儀を返した。


食べ終わった膳を朝日屋の仲居たちが下げると、重蔵は改めて太吉に向かい合った。のぶよは重蔵の隣に、孫兵衛は太吉の隣に座る。

怜治は太吉と重蔵の近くに腰を下ろして、静かに口を開いた。

「のぶよさんが江戸へ来る舟の手配をしたあと、具合が悪くなって寝込んだと聞いていたが、体のほうは大丈夫なのかい」

重蔵はうなずく。

「のぶよが葛飾を発ったあと、薬を飲んで丸一日寝ておりまして。あとは気合いで治しました。やはり、のぶよを一人で江戸へ出すのが心配でしたので」

のぶよは朝日屋に宿を決めた旨を文にしたため、重蔵のもとへ送っていたという。

「文を受け取ったら、もう居ても立ってもいられずに、追いかけてきてしまいました。やはり、なりゆきが気になりましたもので」

朝早くに葛飾を発てば昼前には日本橋へ着くはずだったが、病み上がりの体なので無理をしないようにと奉公人たちから言われ、知り合いの舟の都合がつくのを待ってから来たのだという。

「舟を降りたあとは、駕籠を捕まえて、まっすぐこちらへ。のぶよの文に書いてあった、曙色の暖簾の前に立ちましたら、二人の声が聞こえてきましたもので、つい聞き耳を立ててしまいました」

怜治は鋭い眼差しで重蔵を見る。

「あんた、さっき、のぶよさんとの間に子を作らなくてもいいと言っていたが、それは本心かい」

「はい」

重蔵は即答した。

「わたしも、もう若くはありませんし」

怜治は試すような表情で片眉を吊り上げた。

「だが、あんたは大きな茶屋の主なんだろう。店はどうする。後継ぎが必要なんじゃねえのか」

重蔵はまっすぐに怜治の目を見つめ返した。

「何とでもなります。親戚の若い者に店を継がせてもいいし、奉公人の中で見込みのある者に店を譲ってもいい」

重蔵は姿勢を正すと、太吉に向き直った。

「だけど、できることなら、太吉さんに継いでもらいたいと思っています」

太吉はぎょっとしたように身を強張らせた。

「え……わたし……？」

重蔵は大きくうなずいた。

「だって、わたしはのぶよと一緒になるんだ。太吉さんがのぶよの子なら、わたしの子にもなるだろう？」

太吉は首をかしげた。

「でも、血の繋がりが……」

それがどうしたと言わんばかりの表情で、重蔵は太吉に笑いかける。

「そんなことを気にする者は、わたしの周りに誰もいない。うちの奉公人の中には、亭主の連れ子を育てている者もいるが、店のみんなで可愛がっているよ。お武家だって、養子を取る家は少なくないさ」

「え……」

「どうか、わたしを——わたしたちを信じてくれないかね」

太吉は黙り込む。信じたいけれど、にわかには信じられない。そんな心境なのだろう、とちはるは思った。

重蔵が太吉の顔を覗き込んだ。

「どうしても嫌かい？　わたしじゃ、太吉さんのおとっつぁんになれないかい」

太吉はおずおずと重蔵に顔を向ける。

「嫌だなんて、そんな……」

「気を遣う必要はない。おまえさんの本心を言っておくれ」

重蔵の言葉に、太吉はちらりと怜治を見やる。さっき同じことを言われたと思い出したかのように。怜治が大きくうなずいた。

太吉は居住まいを正すと、意を決したように真正面から重蔵に向かい合った。

「わたしを葛飾へ連れていって、いつか悔やむようになるんじゃありませんか。やっぱり自分の子じゃないと、疎ましく思うようになるんじゃありませんか。わたしは、それが怖いんです」

重蔵は真剣な表情で太吉の告白を受け止めていた。

「太吉さんの気持ちもよくわかるよ。わたしだって、太吉さんが血の繋がらないわたしを父親として認めてくれるのか、とても怖いからね」

太吉は、はっとしたように息を吞む。

「産みの母であるのぶよだって、太吉さんに会うのを怖がっていた」

太吉はのぶよに目を移す。のぶよはうなずいた。

「わたしは確かにおまえを産んだけれど、ちゃんと育ててはやれなかった。この七年の間、何ひとつ――慰めの言葉ひとつかけてやることさえできなかったんだよ」

のぶよは溢れる涙を手で拭った。

「産みっ放しのわたしが、今になって母親面して現れても、太吉は受け入れてくれるだろうかと、ずっと不安だった。どうして、あの時、おまえをあきらめてしまったんだろう……後妻となる女がすでに身籠っていると知っていたら、わたしは……」

今さら悔やんでも詮無《せんな》いことと思ったのか、のぶよは口をつぐんだ。

「おっかさん」

唇を引き結んで静かに泣く母を見て、太吉が口を開いた。

「わたしは、あの時、おっかさんについていきたかった。おっかさんのところへ走っていこうとしたんです。だけど、手代たちに押さえつけられて、おっかさんから遠いところへ連れていかれてしまって――」

当時を思い出したように、のぶよが何度もうなずいた。

太吉は重蔵に向き直る。

「本当に、わたしが葛飾へ行ってもいいんですか」

重蔵は「もちろんだ」と即答する。

「惚れた女の子供だもの、わたしにとっても大事な子供だよ」

重蔵は一点の曇りもない笑顔で、太吉に向かってうなずいた。太吉は肩を震わせる。

「あ……りがと……ございます」

太吉は声をしぼり出すと、赤子のように背中を丸めて突っ伏した。のぶよが太吉に覆いかぶさり、その背を両腕で抱きしめる。重蔵は二人の前に膝立ちになると、左手でのぶよの背中を、右手で太吉の肩を優しく叩いた。

三人の姿はどこからどう見ても本物の親子だ、とちはるは思った。

「三人とも今日はこのまま、うちに泊まっていったらどうだい」

満足げに目を細める怜治の声が入れ込み座敷に響いた。

重蔵が顔を上げて、怜治を見る。

「それは嬉しい。では今から丸屋さんへ行って、わたしがお願いしてきます」

「いや、うちの綾人を使いに出すぜ。あんたたち親子三人は、二階でのんびり過ごしていちゃどうだい」

孫兵衛が「ちょい待ち」と声を上げる。

「丸屋はんへは、わてが行きまひょ。ほんで、その足でうちの若旦さんのとこへも寄ってきます。太吉っつぁんが葛飾で暮らす件について、源太郎さんに念書書かす段取りつけてきまっさかい」

孫兵衛は立ち上がると、まるで腹黒商人のような顔をして「ふふふ」と低い声で笑った。

「一気に畳みかけまひょか」

怜治がにやりと口角を上げる。

「それじゃ、孫兵衛さんに任せるぜ」

孫兵衛は大きくうなずくと、足早に出かけていった。


のぶよ、太吉、重蔵の三人が二階の客室で休んでいる間に、孫兵衛はさっそく源太郎と話をつける算段をつけてきた。

孫兵衛の帰りを聞きつけたのぶよと重蔵も、朝日屋一同とともに入れ込み座敷へ集まって話を聞く。太吉は泣き疲れて眠ってしまったという。

「やっと気ぃゆるんだんやろなあ」

孫兵衛は目を細めて天井を仰ぐと、表情を引きしめて一同を見回した。

「夜に、みんなで丸屋はんに集まる手はずになっとります。うちの若旦さんも、喜んで立会人を務めさしていただきますと、張り切ったはったで」

源太郎がどんなに言い繕っても、世間の目はごまかしきれない。世間では、源太郎が後妻たちのために太吉を厄介払いしたことに気づいているだろう。それは源太郎も薄々肌で感じているはずだ。

「親子の縁を、草履の鼻緒に例えるとね」

と言いながら、孫兵衛は両手を前に突き出した。

「丸屋はんへ奉公に出した時、源太郎さんは太吉っつぁんとの縁を自ら切ったんや」

孫兵衛は右手を高く払った。

「もしここで太吉っつぁんの葛飾行きを承知せえへんかったら、今度は太吉っつぁんと実の母親との縁を永遠に切ってまうことになる」

孫兵衛は突き出したままの左手に、ぐっと力を入れた。

「そんな草履屋から、誰が草履を買《こ》うたろ思いまっか」

孫兵衛は再び右手を左手の横に並べた。

「葛飾で、太吉っつぁんの草履は新しなる」

孫兵衛は両手の平を、のぶよと重蔵の顔の前に掲げた。

「せやさかい、二人で力合わして、太吉っつぁんに幸せの道を歩かしたってや」

のぶよは涙が次々と溢れ出る目で、孫兵衛の両手をじっと見つめた。

「はい、必ず……」

重蔵も孫兵衛の両手を見つめて、大きくうなずいた。

「左右そろった草履のようにしっかりと寄り添って、太吉さんを立派に育ててみせます」

微笑む孫兵衛に向かって、のぶよと重蔵は深々と頭を下げる。

「お世話になります。どうか、よろしくお願いいたします」

孫兵衛は頼もしい表情で、どんと胸を叩いた。

「任しとくんなはれ」

のぶよと重蔵が頭を上げると、孫兵衛は怜治に向き直った。

「わてらが出かけとる間、太吉っつぁんのことお願いしまっせ」

「もちろんだ」

怜治が即答する。

「太吉には先に夕飯を食わせておくが、三人はどうする。帰ってきてから食べるかい、それとも腹ごしらえをしてから出かけるかい」

怜治がちらりと慎介を見た。慎介はうなずく。

「どちらでもご用意させていただきますので、お好きなようになさってください」

孫兵衛が「どないしはりまっか」と、のぶよに問う。のぶよは緊張の面持ちで、帯に手を当てた。

「わたしは、帰ってからで……きっちり話がつくまでは、とても食べられそうにありません」

かつて非情にも自分を追い出した元亭主との対面には、やはり不安があるのだろう。重蔵や孫兵衛がついているといっても、きっと過去の恐れや痛みはやすやすと消えるものではないのだ。

孫兵衛はうなずいた。

「ほな、わてら三人は帰ってからいただきまひょ」

「それなら、わたしも――」

階段の上から声がしたと思ったら、太吉が駆け下りてきた。

「わたしも、おっかさんたちと一緒に食べたいです」

のぶよが気遣わしげな顔で、太吉の肩に手を置く。

「だけど遅くなるかもしれないんだよ。きっと、お腹が空くよ」

「構いません」

太吉はじっと、のぶよの目を見た。

「一緒に食べたいんです」

のぶよが眉尻を下げる。太吉の空腹を心配しつつも、嬉しさを隠せない様子だ。

慎介がのぶよと太吉の前に歩み出た。

「もし、あまりにも遅くなるようでしたら、軽くつまめる物を何かお部屋のほうにお持ちいたしますが、いかがでしょうか」

のぶよは深々と頭を下げる。

「ありがとうございます。お願いいたします」

「できる限りのお世話をさせていただきますので、どうかご安心なさってお出かけくださ
い」

　慎介の言葉に、朝日屋一同はそろって背筋を正すと一礼した。

　調理場へ戻ると、慎介が食材の前に立って腕組みをした。じっと瞑目して、唸り声を上
げる。

「どうしたんですか」

　ちはるも横に並んで食材を見つめた。

「まさか、傷んでいる物でもありましたか」

　すんと鼻を鳴らしてにおいを嗅ぐが、腐敗臭のようなものはいっさい漂っていない。

「いや、太吉さんがさっき言ってた四年前の桜餅ってえのが、どうしても気になっちまっ
てよ」

「丸屋へ連れていかれる前に、福籠屋で食べた食後のお菓子ですね」

　慎介はやるせない表情でうなずいた。

「家から出された日を思い出すたんびに、いつも福籠屋で食べた桜餅が頭をよぎっていた
んだろう。おとっつぁんが久しぶりに優しくしてくれたってんで、きっと喜んで食べてい

たんだろうに。そう思うと、よけいになぁ……」

慎介は改めて食材を見つめた。

「太吉さんのつらい思い出を塗り替えるような料理を、何か作りたいと思ったんだがよ」

本日の夕膳は、わかめの酢味噌和え、木の芽田楽、蓮根の天ぷら、かれいの塩焼き、白飯、のっぺい汁――食後の菓子には、蜜柑の数がそろわなかったので、粒餡を詰めた大福を用意してある。

ちはるも腕組みをして唸った。

「孫兵衛さんは『葛飾で、太吉っつぁんの草履は新しなる』っておっしゃってましたよねえ。それなら桜餅も、朝日屋で新しい物を召し上がっていただきたいところですけど……」

慎介がちはるを見る。

「新しい桜餅か」

ちはるはうなずいた。

「だけど、どうしたら桜餅を新しくできるんでしょうか。桜餅といえば山本《やまもと》やさんが有名ですけど――」

山本やは、享保二年（一七一七）から向島《むこうじま》で店を開いている老舗だ。元禄の初めに長命寺《ちょうめいじ》の門番をしていた初代が、薄皮で餡を包んだ物に、塩漬けにした桜の葉をくるりと巻いて売ったのが桜餅の始まりだといわれている。

　この薄皮は、小麦粉を水で溶いた物を薄く延ばして焼いており、桜色にちなんだ色づけなどはしていない。桜の葉で包むことにより白餅が乾くのを抑え、なおかつ桜の葉の香りを白餅に移して味わうのである。

「今からじゃ、桜の葉の塩漬けも手に入りませんしねえ」

　ちはるは頭を抱えた。

「美味しい四菜と新しい桜餅を、新しい親子三人で楽しく味わっていただいて、新たな門出の思い出にしていただきたいと思ったんですけど……桜色に色づけするとか、桜の花の形にするとか、何かいい案はないですかねえ」

　慎介が「待てよ」と声を上げる。

「新しくはねえが、桜の花の形をした桜餅ってえのはあったぞ。確か、元禄の世に出た『男《なん》重《ちょう》宝《ほう》記《き》』っていう書物の中に、五枚の花びらを模《かたど》った桜餅の図が載っていてよ。中に餡を入れるって書いてあったはずだ」

　ちはるは目を丸くする。

「向島の桜餅よりも古いじゃありませんか！」

「詳しい作り方はわからねえが、今出回っている桜餅とは別物だな」

　ちはるは慎介と顔を見合わせた。

「桜の形にできたってことは、やわらかい餅でも使っていたんでしょうか」

「大福を桜の形にするってえのか?」

ちはるは思案する。

「……茹で卵を花の形にする方法が『卵百珍《たまごひゃくちん》』に載っていませんでしたっけ」

ちはるの問いに、慎介は「あっ」と声を上げる。

「花卵か!」

『卵百珍』とは、天明五年(一七八五)に刊行された『万宝料理秘密箱《まんぽうりょうりひみつばこ》前編』のことを指す。卵料理が数多く載っている部の中に「花卵」の項目があり、殻をむいた茹で卵に箸を当てて縛り、横に切った表面を花の形に仕上げる方法が紹介されているのだ。

「茹でた卵だって花の形にできるんですから、もっとやわらかい餅なら——太吉さんたちの分だけでいいんです。やってみてはいけませんか」

慎介が短く唸った。

「よし、さっそく取りかかろう」

「はい!」

四つの大福を縦に並べて布巾で包み、その上から周囲に五本の箸を均等の間を開けて縦向きに当てる。箸の上下と真ん中を紐できつめに縛り、しばし置く。

「箸が餅に食い込んで、上手く跡がつけば、五弁の花びらができるはずなんですけど……」

ちはるは祈るような気持ちで、布巾に包まれた大福を見つめた。

「どうなるかは、開けてみなくちゃわからねえ」

慎介がちはるの背中を力強く叩いた。

「あとは天命を待って、おれたちは食事処の膳の支度だ」

「はい！」

ちはるは慎介とともに手を動かした。


日が落ちて、綾人が表の掛行燈に火を灯すと、食事処が開くのを待ちかねていた客たちがすぐに入ってきた。入れ込み座敷は、あっという間に満席になる。

「お待たせいたしました。本日の膳は、わかめの酢味噌和え、木の芽田楽、蓮根の天ぷら、かれいの塩焼き、白飯、のっぺい汁に、食後の菓子は大福餅でございます」

たまお、おふさ、おしのの三人が、入れ込み座敷と調理場を何度も往復して客のもとへ膳を運んでいく。

ちはるは新しい膳を作りながら、ちらりと天井を仰いだ。

「太吉さん、一人でどうしているでしょうか」

二階の客室で、のぶよ、重蔵、孫兵衛の帰りを待っているのだ。

「小せえ子供じゃねえんだから、大丈夫だろうよ」

と言いながら、慎介も心配そうな顔を天井に向ける。

「まあ、なりゆきが気になって仕方ねえだろうがな」

新しい膳を取りにきたおふさが、ちはるをじろりと睨んだ。

「太吉さんの様子は、わたしたち仲居が時々見にいっているんだから大丈夫よ。あんたは気を散らさずに、しっかり料理に取り組んでいなさい」

おふさは慎介にも厳しい視線を飛ばした。

「今日も混んでいますからね。どんどん作ってくださいよ」

ちはると慎介はそろって小声で「はい」と答えた。おふさは鷹揚にうなずくと、膳を手にする。

「では、お運びいたします」

「お願いします」

ちはると慎介は両手で両頬を軽く叩いて、気合いを入れ直した。

「さあ、やるぞ」

「はい！」

よけいなことを考えず、しっかり料理と向かい合う。

そうしているうちに、あっという間に時は過ぎていった。

三人が帰ってきたのは、食事処を閉めた直後だった。

「帰りましたで」

「すっかり遅くなってしまいまして、申し訳ございません」

のぶよの声を聞きつけた太吉が階段を駆け下りてくる。

「お帰りなさい……」

緊張の面持ちだ。のぶよがにっこり笑いかける。

「ただいま」

重蔵も、孫兵衛も笑顔だ。太吉の表情も、ほっとしたようにゆるんだ。

「安心し。話し合いは上手いことといったで」

孫兵衛が太吉の背中をぽんと叩いた。

「ただな、やっぱりもう少しだけ、太吉っつぁんには丸屋におってもらいたいんやて。いや、無理にっちゅう話やないんやけど」

入れ込み座敷に場を移して、孫兵衛は語り始めた。

「嘉平さんの甥御はんらは、これまで瀬戸物についてはなぁんも学んでけえへんかったらしいんや」

太吉がうなずく。

「旦那さんの妹さんが嫁いだのは、煙管師《キセルし》だったと伺っております」

「下の三人はまだ小そうてなんも教えられてへんのやけどな、一番上の子ぉは父親から手ほどきを受け始めとったようなんやな。まあ、跡継がなならんかったんやろうから、当然やね」

　孫兵衛はため息をついた。

「嘉平さんは、本人が煙管師になりたい言うんやったら、新しいお師匠《ししょ》さん探さはるみたいやねんけど、伝手があるわけやないから今すぐは無理や。ほんでお店手伝わせよ思うても、瀬戸物を割るんが怖くて、近づくのもおっかなびっくりらしいんですわ」

　太吉はその様子を思い出したように「ああ」と声を上げた。

「もし割ってしまったら、とても弁償できないと言っていました」

　孫兵衛は苦笑する。

「これ以上迷惑かけたない思て、よけいな気ぃ回してしもうとるんやね。嘉平さんのほうも、つきっきりで仕事を教えたる余裕があれへんさかい、かわいそうやぁ言うてはったんやけどなあ」

　丸屋は小さな瀬戸物屋で、奉公人も多くはないというから仕方がないことなのだろう、とちはるは思った。

「せやさかい、太吉っつぁんがもう少し丸屋におってくれるんやったら、その甥御はんに仕事を教えたってもらえへんかっちゅう話やねん」

太吉はのぶよの顔を見た。のぶよは微笑む。

「わたしは、このままおまえを葛飾へ連れて帰りたい。だけど、これまでお世話になった丸屋さんへのご恩返しもあるでしょう」

太吉はうなずいた。

「丸屋が落ち着くまで、わたしは江戸に残ります」

のぶよが目を細めた。悲しいような、誇らしいような、複雑な表情だ。

重蔵がのぶよに笑いかける。

「すぐにまた会えるさ。これまでと違って、太吉さんは並木屋の跡取りとして預かってもらうことになったんだ。文のやり取りだって好きなようにして構わないし、いつ会いにきてもいいとおっしゃってくださったじゃないか」

太吉が目を見開いて重蔵を見る。重蔵は、まっすぐに太吉の目を見つめ返した。

「太吉さんを跡取りにと考えているのは本気だからね。うちの茶屋では、菓子はもちろんだが、ちょっとした料理も出している。瀬戸物屋で学ぶことは、将来きっと役立つはずだよ。いずれ菓子や料理に合う皿を見立てられるよう、しっかり励んでおくれ」

太吉は居住まいを正した。

「はい――必ず」

孫兵衛がにこにこ笑いながら調理場へ顔を向けた。

「ほな、夕膳をお願いしよか」

「かしこまりました」

たまお、おふさ、おしのが膳を運んでいく。ちはるもあとに続いた。

車座になった四人の前に膳を置くと、それぞれの口から感嘆の息が漏れた。

四人がじっと見つめているのは、黒い菓子皿の上に置かれた大福餅である。

「これは、まるで白い桜の花のような……」

「黒い皿に、餅の白さがよく映えて……夜桜みたいだ」

太吉も目を輝かせて、花の形の大福餅に見入っている。

「こんな桜餅、初めて見た」

太吉の唇が「綺麗」と動く。

ちはるは思わず拳を握り固めて、口角を上げた。調理場を見ると、慎介が満足そうな顔で大きくうなずいている。

「太吉、よく覚えておきなさい」

重蔵が菓子皿を手にした。

「料理が引き立つ器、器が引き立つ料理――食べる人の目を楽しませるとは、どういうことか。瀬戸物屋にいる間に、しっかり考えておくんだよ」

太吉も菓子皿を手にする。

「はい、おとっつぁん」

のぶよの目から涙がぽろりとこぼれ落ちた。

四人はなごやかに膳を食べ進める。

朝日屋の四菜と、桜の形をした餅は、やがて膳の上からすべてなくなった。

静かに夜は更けていく。

今宵の朝日屋には、ひとつの客室で川の字になって眠る親子三人の姿があった。


翌朝も、ちはると慎介は桜餅を作った。

今回は、ちまたによく出回っているのと同じ桜餅だ。小麦粉で作った薄皮で餡を挟み、塩漬けにされた桜の葉で包んでいる。この桜の葉は、桜餅を扱っている近所の菓子屋に頼んで分けてもらった。

本日の朝膳は、揚げ出し豆腐、小松菜の煮浸し、桜煮、鰺《あじ》の塩焼き、梅と鰹節の混ぜ飯、大根の味噌汁——食後の菓子に桜餅である。

調理場に膳を取りにきた仲居三人が料理を見て顔をほころばせた。

「お膳の上に、桜の花が咲いてる」

三人そろった明るい声に、ちはるは慎介と顔を見合わせて微笑んだ。

ほぐした梅干しと鰹節を白飯に混ぜ込んだ飯は、ほんのり赤く色づいた桜に見えるよう模った。また、桜煮は蛸の足を小口切りにして薄味をつけ煮た物であるが、煮上がった蛸の色と形が桜の花びらに似ているので、桜煮と呼ばれている。

「お発ちになる前に、ひと足早い花見をしてもらおうと思ってな」

慎介の言葉に、仲居三人は目を細めてうなずいた。

「太吉さんの桜の思い出は、きっと、いいものに変わるわねえ」

たまおの言葉に、おふさが鼻息を荒くする。

「間違いありませんよ」

おしのが自分の前掛をそっとつまんだ。

「曙色も、いい思い出として残るといいんですけど」

おふさが威勢よく自分の前掛を叩く。

「絶対に残りますから」

三人は胸を張って、二階へ膳を運んでいった。

それと入れ替わるようにして、怜治が調理場へ入ってくる。

「桜餅をいくつか包んで欲しいんだが、まだ残っているか？」

慎介が小首をかしげた。

「どちらへお持ちになるんですか？」

「ちょいと詩門のところへな」

怜治は表口へ目を向けた。曙色の暖簾の向こうに、忙しなく通りを行き交う人々の姿が見える。

「あの野郎、まだ傷が治りきっていねえ体で無理をしているんじゃねえかと思ってよ。ちょいと様子を見てくるぜ」

慎介は納得顔になってうなずいた。

「すぐに用意しますんで、少々お待ちください」

「おう、悪いな」

慎介に促され、ちはるは多めに作っておいた桜餅を重箱に詰めた。

いつも殺伐とした事件の中にいる詩門にも、春の菓子を味わって、ほんのひと時だけでもくつろいでもらいたい。

美味しい食べ物は心を満たし、癒してくれる物だから……。


そして出立の時が訪れる。

朝日屋一同と孫兵衛は通りに出て、のぶよ、太吉、重蔵と向かい合った。

「みなさん、本当にお世話になりました」

三人はそろって深々と頭を下げた。

「朝日屋で過ごしたことは、一生忘れません」

怜治が「おう」と声を上げる。

「またいつでも泊まりにきてくんな」

重蔵がうなずく。

「桜の花が咲く頃、また太吉に会いにこようと思っています」

怜治は目を瞬かせた。

「何だよ、もうすぐじゃねえか」

重蔵は笑顔で慎介とちはるに向き直った。

「膳の上に載った昨夜の桜と、今朝の桜を見て、今年は大川の桜を三人で眺めようと決めたんです。そして来年は、葛飾の桜だ」

慎介が微笑みながら一礼する。

「それは楽しみですね」

ちはるも一礼して、心からの笑みを返した。

孫兵衛が太吉の肩を優しく叩く。

「何ぞ困ったことがあったら、いつでも筒美屋の若旦さんを頼ってな。必ず力になってくれるさかい」

「はい、ありがとうございます」

怜治がずいっと太吉の前に出る。

「朝日屋のことも忘れるんじゃねえぞ」

太吉は大きくうなずいた。

のぶよが目を潤ませて一同の顔を見回す。

「本当に、ありがとうございました」

三人は時折振り返り、何度も頭を下げながら遠ざかっていく。

その行く先には、朝露を抱きながら咲き誇る桜の並木が見えるようだ。

桜の花びらにつく朝露と、親子三人の嬉し涙が、ちはるの胸の中で重なり合った。

それは美しく光り輝いて、澄み渡る青空に溶けていくようだった。

本書を執筆するにあたり、左記の方々に多大なる協力をいただきました。
ほしひかる氏（特定非営利活動法人 江戸ソバリエ協会理事長）
鈴廣かまぼこ株式会社
この場を借りて、心より御礼を申し上げます。
著者

本作は書き下ろしです

中公文庫

まんぷく旅籠《はたご》 朝日屋《あさひや》
あつあつ鴨南蛮《かもなんばん》そばと桜餅《さくらもち》

2023年 3 月25日　初版発行

著　者　高田《たかだ》 在子《ありこ》

発行者　安部 順一

発行所　中央公論新社

〒100-8152　東京都千代田区大手町 1-7-1
電話　販売 03-5299-1730　編集 03-5299-1890
URL https://www.chuko.co.jp/

ＤＴＰ　嵐下英治
印　刷　大日本印刷
製　本　大日本印刷

Published by CHUOKORON-SHINSHA, INC.
Printed in Japan　ISBN978-4-12-207343-2 C1193